汉译世界文学名著丛书

莎乐美
文德美夫人的扇子

［英］奥斯卡·王尔德 著

许渊冲 译

创于1897 商务印书馆 The Commercial Press

汉译世界文学名著丛书

出 版 说 明

1902年，我馆筹组编译所之初，即广邀名家，如梁启超、林纾等，翻译出版外国文学名著，风靡一时；其后策划多种文学翻译系列丛书，如“说部丛书”“林译小说丛书”“世界文学名著”“英汉对照名家小说选”等，接踵刊行，影响甚巨。从此，文学翻译成为我馆不可或缺的出版方向，百余年来，未尝间断。2021年，正值“汉译世界学术名著丛书”出版40周年之际，我馆规划出版“汉译世界文学名著丛书”，赓续传统，立足当下，面向未来，为读者系统提供世界文学佳作。

本丛书的出版主旨，大凡有三：一是不论作品所出的民族、区域、国家、语言，不论体裁所属之诗歌、小说、戏剧、散文、传记，只要是历史上确有定评的经典，皆在本丛书收录之列，力求名作无遗，诸体皆备；二是不论译者的背景、资历、出身、年龄，只要其翻译质量合乎我馆要求，皆在本丛书收录之列，力求译笔精当，抉发文心；三是不论需要何种付出，我馆必以一贯之定力与努力，长期经营，积以时日，力求成就一套完整呈现世界文学经典全貌的汉译精品丛书。我们衷心期待各界朋友推荐佳作，携稿来归，批评指教，共襄盛举。

商务印书馆编辑部

2021年8月

王尔德唯美剧作的双“美”
——《莎乐美》《文德美夫人的扇子》

在 19 世纪的最后几年里，英国一下子出了两位世界级的顶尖剧作家，又回到了莎士比亚时期西方戏剧的巅峰地位。这两位大家都出生在爱尔兰首都都柏林，前后只差两年，都在伦敦开始戏剧生涯，但去世的时间相差了整整半个世纪。1856 年生的乔治·伯纳·肖（中国习称萧伯纳）活了 94 岁，又喜欢周游列国，所以出名的时间长得多，留给了世界一个老成持重的智者形象；早他两年生的奥斯卡·王尔德年轻气盛、才华横溢、放浪不羁，像一颗划破黑夜的流星，生命在 1900 年就戛然而止。现实主义作家兼社会评论家萧伯纳写了 50 多个剧本，大多是形式相似的社会论题剧；而王尔德是个唯美主义者，追求的正是萧伯纳反对的“为艺术而艺术”，他只写了六个剧本，但个个都别具特色。无论是题材还是风格，这本书里的《莎乐美》和《文德美夫人的扇子》几乎没有一点相像之处——唯一的巧合是女主人公的名字在许渊冲的译本里都有一个“美”字，这双“美”确实都很美，但美得完全不一样。

王尔德和萧伯纳的名气如日中天之时，刚好是中国人开始向西方学习话剧的时候，因此关于这两位大家的翻译介绍不少。但一百多年过去了，他们剧本的正式演出在中国却很少见，原因大概在于剧本翻译之难。按照文学翻译的“信、达、雅”的要求，他们两位极具特色的舞台语言都很不容易译为既准确、又能让演员说得漂亮的汉语——但许先生做到了，希望这两个译本能有更多的演出。有趣的是，萧伯纳和王尔德其实都在早期的中国话剧史上各自留下了一点特别的印记。萧伯纳《华伦夫人的职业》1920年在上海的演出是个力图原汁原味拷贝伦敦版的“新剧”，但观众嫌它啰嗦拖沓，不爱看。不久后洪深从美国哈佛大学乔治·贝克教授那里学了戏剧回国，成为中国的第一个专业导演；他吸取了《华伦夫人的职业》失败的教训，选择了编剧技巧更高明的王尔德名剧《温德米尔夫人的扇子》（许渊冲译的“文德美夫人”这个名字显然更“美”），并采用本土化策略，用全新的中国人名、地名，将原剧“改译”为一个上海故事《少奶奶的扇子》，于1924年春在上海推出。这个剧吸引了大批观众，成了中国话剧史上第一个西方话剧的成功演出。奇怪的是，那以后就很少看到这部话剧的重演，倒是有戏曲移植过去，成了上海沪剧的保留剧目。

为什么成功的演出也很少演了呢？这跟当时中国社会的形势有关。20世纪初新文化人大张旗鼓地宣扬西方戏剧及其文化，主要是为了借以促进中国的社会改良或革命，而不仅仅是为了引进一些新的文娱方式，因此在介绍现代戏剧时着力最多的是易卜生的社会问题剧。在萧伯纳和王尔德这两大英国剧作家中，萧伯纳以力推易卜生式社会剧而闻名——他是在写了推崇易卜生的论著以后才开始写剧本的；但即便这位易卜生追随者写的都是讨论社会议题的剧本，也因为他的喜剧语言过于幽默好玩，似乎就是不如严肃的易卜生那么有“战斗力”。而且幽默推高了翻译的难度，使得他的剧本很难在中国的舞台上发挥其社会功能。相比之下，王尔德就更难直接为中国的救亡与革命服务了，因为他的剧本语言更加诙谐，常常充满了滑稽突梯的“毒舌式”机趣。他公开标榜“为艺术而艺术”，把工夫全放在追求独特的内容与打磨高超的形式之上。例如，《文德美夫人的扇子》的悬念设置得如此强烈，以至于当时有人公开悬赏说，如果有观众愿意在看完这个戏第一幕以后走出剧场不看了，可以得到一大笔英镑，结果竟没有人愿意离场去拿那笔钱！

《文德美》[①]的第一幕到底讲了些什么，能把人看戏的胃口吊得这么高？文德美夫人是个失去了父母的孤儿，幸运地嫁到富人文德美爵士家两年后，正在准备自己的生日晚会，不料有人来传八卦说，她丈夫与一位有着“不名誉的过去”的神秘女士有染。她很快就查出一个账本，发现丈夫真的给了那个女人很多钱，自然要盘问丈夫那女人是谁。可丈夫怎么也不肯说清楚，只说这位女士“过去是受人尊敬爱戴的，出身好，有地位”，不过在少女时犯过点错误，现在想“要回到社会上来”，还说她想来参加今天的晚会，亲自祝贺妻子生日快乐。文德美

① 编者注：即《文德美夫人的扇子》，后同。

夫人断然拒绝这样的公开挑衅，决不许丈夫请她来家里，还说如果她硬要来的话，一定会用丈夫送她的生日礼物——一把十分贵重的扇子——打她的脸！这是一把什么样的扇子呢？王尔德并没有过多地剧透，但也不想完全瞒着观众，他好像欲言又止，用巧妙的台词引导观众自己去猜——这把扇子是不是和那位可能要来挨打的女士有点关系？而那位女士又会不会跟这位对自己身世一无所知的文德美夫人本人有点关系？

《文德美夫人的扇子》与《华伦夫人的职业》一样，都讲了一个有着“不名誉过去”的女性的故事，也都关系到两代人的矛盾。萧伯纳写戏学了他最欣赏的易卜生的“讨论”手法，让母女二人就观点的孰是孰非辩论不休；而王尔德用扣人心弦的情节和欲擒故纵的语言来吸引观众关注剧中人的命运——包括每个人的过去和未来。《华伦夫人的职业》在萧伯纳全部剧本中属于早期尚未十分成熟的作品，而《文德美夫人的扇子》不但是王尔德的精品，也是学习编剧法的极好教材，比易卜生那部充满巧合的《玩偶之家》更像一个“佳构剧”。但如果要跟易卜生比女性主义，那就不仅相差很远，甚至可以说是对着干的——《文德美》不但不主张妻子离家出走，甚至走了都要追回来。一百多年前中国反封建的新文化人最需要的是赞赏娜拉出走的“易卜生主义”，所以不会太喜欢《文德美》这样的内容；但时至 21 世纪，当今提倡建设和谐社会、和谐家庭，应该说正合时宜，为什么还是没有得到戏剧人足够的重视呢？有人以为戏剧已然进入了“后剧本” 时代，不再需要讲什么故事，像《文德美》这样营造悬念的老式编剧法过时了。此说并非事实。如果说像《玩偶之家》《雷雨》那样靠很多年前的秘密和过分的巧合拼起来的编剧法现在确实很少见了（但这两部经典剧作都还常常在演出）；那么利用人物关系的机缘和时机的精准搭配所构成的悬念，一直是当今的影视剧为吸引观众而常用的不可或缺的技法。

《文德美》一剧充分体现了王尔德这个剧作家对人物、情节、语言的极高的理性掌控能力，但“理性”并不是他最著名的特点，也绝不是他自己会引以为傲的特色。这位作家的“特色”实在是五彩缤纷——甚至连“剧作家”也很难说是他最主要的艺术家身份，他的小说（如《道林·格雷的画像》）、童话（如《快乐王子》）的受众都要比剧本更多得多。就剧作而言，比起《文德美》这个仍与易卜生、萧伯纳相距不是太远的现实主义客厅剧，他用法语写成的独幕剧《莎乐美》远更瑰丽奇美，甚至可以说是惊世骇俗。

莎乐美的故事并不是王尔德原创的——在现实主义问世之前绝大多数的戏剧故事都是改编而来，从希腊悲剧到莎士比亚到歌德莫不如此；那是人类戏剧史的一个优良传统，就看谁能把老故事讲得更美更出彩。王尔德讲的莎乐美故事让以前的版本全都黯然失色，至今仍然难以超越——在他以后讲述莎乐美故事的歌剧、舞蹈等各种版本往往都以他讲的故事为蓝本。

《莎乐美》情节很简单，就是女主角要求继父希律王杀了先知约翰（许渊冲译为“约卡南”）。在原来的圣经故事里，是希律王因为约翰反对自己娶兄弟之妻希罗蒂娅而想杀他，只是顾忌到他的先知身份而不便下手。嫁给了希律王的希罗蒂娅当然也恨约翰，是她怂恿女儿莎乐美去向继父提出杀约翰的要求——给他一个除掉仇人的借口。王尔德的剧本做了一个很简单但却是根本性的改动，把长辈想杀人的动机完全弃之不顾，就突出莎乐美一个人的行动，让她爱上约卡南被拒——但她绝不是现实生活或电视剧中常见的那种“由爱生恨”。她对约卡南连说了十遍“我要吻你的嘴唇”，约卡南的回答是：“你这乌烟瘴气的母亲生下的乱七八糟的女儿……你该受到诅咒。”但莎乐美依然不肯放弃“要吻你的嘴唇”的决心——她的爱反而更加强烈；而此时唯一能得到他的办法就是，利用希律王为了看她跳舞愿给她任何东西的承诺，要求他“用大银盘子给我送上——约卡南的头”。原故事中想过杀人的希律王在这个剧中却力图阻止她的行动，但莎乐美一点也不动摇，最后终于如愿以偿，可以随心所欲地吻银盘子里约卡南的嘴唇了。

这是一种凡人难以想象的最极致也最疯狂的爱，超出了任何社会常规所能接受的程度。如果要作为话剧来演，对演员的挑战实在有点大；所以这个剧本很少有话剧的正式售票演出，更多的是不需要写实处理的舞蹈与歌剧版。莎乐美的故事本来就是个神话，也完全可以作为文学作品来欣赏。王尔德在对这个神话所做的改创中，加进了他自己的极为个人的因素——炽烈到不可遏制但又为社会所不容的爱欲。《莎乐美》里是一个女人被所爱之人无情拒绝的爱，生活中是王尔德本人被社会无情拒绝的同性之爱。就在写出这个剧本一两年后，他就被爱人道格拉斯的暴虐的父亲告上了法庭；尽管有萧伯纳等文化人朋友的支持，他还是被当时十分保守的法庭判了刑，直到 1897 年才获释。一出狱他就离开了伤心之地伦敦前往巴黎，三年后因脑膜炎去世。

那之后的一个世纪里，星移斗转，英年早逝的大作家终于在 20 世纪末被彻底恢复了名誉。90 年代的剧作家们找出了王尔德当时出庭的庭审纪录，创作了好几部为他伸冤的非虚构“文献剧”，竞相演出。1998 年 11 月，王尔德的雕像在伦敦特拉法尔加广场附近揭幕。雕像题为“与奥斯卡·王尔德的对话”，上面还刻着一段话：“我们都在污水沟里，有些人却只抬头看天上的星星。”

王尔德这段被人引用最多的语录，就出自《文德美夫人的扇子》。

孙惠柱

2022 年 1 月

目　　录

莎乐美

剧中人物

希罗王　犹太王

约卡南　先知

叙利亚青年　卫队长

蒂杰琳　罗马青年

卡帕多人

鲁比人

卫士甲

卫士乙

王后的侍从

犹太人、基督徒等人

一奴仆

拿曼　刽子手

希罗蒂娅　王后

莎乐美　王后之女

莎乐美仆从

希罗王宫露台，下有宴会大厅。露台有侍卫守门。右边有大楼梯，左后方有个古老的大水池。周围有青铜塑像。天上的月亮很亮。

叙利亚青年　莎乐美公主今晚多美丽啊！

王后的侍从　看看月亮！多奇怪啊，像个坟墓里出来的女人，你会以为她在寻找阴影。

叙利亚青年　她看起来真稀奇，像个戴了金黄面纱、有一双白鸽化成银腿的小公主。你会以为她在跳舞呢。

王后的侍从　她像个没有生命的女人，行动很慢。

（宴会厅喧哗声。）

卫　士　甲　多么热闹！哪里来的野兽这样咆哮？

卫　士　乙　犹太人！他们总是这样争论宗教问题的。

卫　士　甲　为什么争论宗教问题？

卫　士　乙　我也说不上来。他们总是这样。比如说，老派相信有天使，新派说是没有。

卫　士　甲　我看这种争论实在好笑。

叙利亚青年　莎乐美公主今晚多美丽啊！

王后的侍从　你一直盯着她看，看得太久了。这样盯人是危险的，会产生可怕的后果。

叙利亚青年　她今夜真是非常美丽。

卫　士　甲　国王看起来脸色阴沉沉的。

卫　士　乙　的确，他的脸色阴沉沉的。

卫　士　甲　他在看着什么。

卫　士　乙　他在看着什么人。

卫　士　甲　他在看着谁呢？

卫　士　乙　我也不知道。

叙利亚青年　公主的脸色怎么苍白了？我从来没见过她的脸色这样苍白。她真像白玫瑰留在银镜中的影子。

王后的侍从　你不应该这样看她。你看她已经看得太久了。

卫　士　甲　希罗蒂娅已经把国王的酒杯倒满了。

卡帕多人　那个戴着珍珠冠、头发上洒满天蓝粉末的是希罗蒂娅王后吗？

卫　士　甲　对，那就是希罗王后，希罗蒂娅。

卫　士　乙　国王非常喜欢喝酒。他有三种好酒：一种是莎摩拉海岛运来的紫酒，颜色就像凯撒大将的战袍。

卡帕多人　我没有见过凯撒。

卫　士　乙　第二种好酒是从塞浦路斯运来的黄酒，颜色黄得像金子。

卡帕多人　我喜欢金子。

卫　士　乙　第三种是西西里酒。酒红得像鲜血。

鲁　比　人　我的国家的天神非常喜欢喝鲜血。一年两次，我们要用童男童女的鲜血来祭祀，五十个童男和一百个童女，但是他们总嫌不够，对待我们非常粗暴。

卡帕多人　我的国家却没有天神留下来。因为罗马人把他们统统赶走了。有人说神仙藏在深山中，但是我不相信。我在山中到处寻找神仙，找了三夜也没找到一个。最后我就呼姓唤名，也没有神仙出现。我想他们都死掉了。

卫士甲　犹太人就崇拜你看不见的上帝。

卡帕多人　这我不懂。

卫士甲　事实上，他们只相信他们看不见的东西。

卡帕多人　这在我看来觉得非常可笑。

约卡南的声音　在我之后会来另外一个强者。我还不配为他系鞋带呢。等他一来，孤独无聊的地方会有欢乐。他们会像百合一样开花。瞎子的眼睛会看见光明，聋子的耳朵会听见声音。新生的孩子会把手伸进龙潭虎穴，会抓住狮子颈上的鬃毛。

卫士乙　叫他不要说了。他总是说些可笑的话。

卫士甲　不对，不对。他是一个圣人。他又非常和蔼可亲。每天我给他吃的，他都会谢谢我。

卡帕多人　他是什么人？

卫士甲　一个先知。

卡帕多人　他叫什么名字？

卫士甲　约卡南。

卡帕多人　他是哪里来的？

卫士甲　从沙漠中来的。在沙漠中，他吃的是蝗虫和荒野的蜂蜜，穿的是骆驼毛，腰间系了一根皮带。他看起来令人害怕。有一大群人跟着他，他甚至还有信徒。

卡帕多人　他谈些什么？

卫士甲　我们也说不出。有时他说些吓人的话，但是不可能理解他到底说的是什么。

卡帕多人　我们可以见他吗？

卫士甲　不行，国王不许他见人。

叙利亚青年　公主用扇子遮脸了，她小小的白手像鸽子的翅膀飞向鸽窝，又像粉白的蝴蝶，真像粉白的蝴蝶。

王后的侍从　这和你有什么关系？你为什么这样瞧着她？你不应该这样瞧着她。——这可能会引起可怕的后果。

卡帕多人　（指着水池。）多么奇怪的监牢。

卫士乙　这只是一个老式的水池。

卡帕多人　老式的水池！那一定是很不卫生的。

卫士乙　啊，不对。举个例子说吧，国王的哥哥，也就是希罗蒂娅王后的第一个丈夫，就在水牢里关了十二年，但并没有把他关死。到了十二年后，还得把他吊死。

卡帕多人　把他吊死？谁敢这样大胆？

卫士乙　（指着刽子手，那个高大的黑人。）就是拿曼这家伙。

卡帕多人　他不害怕吗？

卫士乙　啊，不怕！国王给了他指环。

卡帕多人　什么指环？

卫士乙　执行死刑的指环。所以他不害怕。

卡帕多人　不过，吊死一个国王总是可怕的呀。

卫士甲　有什么可怕？国王也只有一个颈脖，和别人一样。

卡帕多人　我还是觉得可怕。

叙利亚青年　公主站起来了！她离开了餐桌。她看起来心中有事。啊，她向这边走来了。对，她朝着我们走来了。她的脸色多么苍白啊！我从来没有见过她的脸色这样苍白。

王后的侍从　不要看她，我请你不要看她。

叙利亚青年　她像一只迷途的白鸽。——她像一朵风中颤抖的水仙花。——她多么像银色的花朵。

（莎乐美上。）

莎乐美　我不想待下去了。我不能待下去了。国王的老鼠眼睛为什么一直在他眨来眨去的眼皮下盯着我看？真奇怪！我母亲的丈夫居然会这样一直看着我。我也不知道这是什么意思。不过，说老实话，我其实知道他是什么意思。

叙利亚青年　你离开宴会厅了，公主？

莎　乐　美　这里的空气多新鲜！我能够呼吸了。宴会厅里犹太人为了仪式吵得你死我活，野蛮人吐得一地是酒，希腊人脸上五颜六色，头发卷起，埃及人不说话，在长袍下动手脚，罗马人粗野，满口土话。多讨厌！他们非常粗俗，却要装得高贵。

叙利亚青年　请您坐下好吗，公主？

王后的侍从　你为什么要和她说话？为什么要这样瞧着她？啊，可怕的事要发生了。

莎　乐　美　看见月亮多么美好。它看起来像一个小银币。你会把它当作一朵小银花。月亮是冰清玉洁的。我敢肯定她洁身如处女，她有处女的美。的确，她是一个处女。她没有玷污她的清白。她没有像别的女神一样献身。

约卡南的声音　主子来了。人之子来了。半人半马神藏在河里，海妖却离开了江湖，反而藏在森林的绿叶下。

莎　乐　美　那个高声大喊的人是谁？

卫　士　乙　公主，是先知。

莎　乐　美　啊，是连国王都害怕的那个先知。

卫　士　乙　这点我们可不知道，公主。我们只知道高声喊叫的是先知约卡南。

叙利亚青年　公主，要不要我叫人把您的便床抬过来？今夜的花园真美。

莎　乐　美　他谈到我母亲的惊人往事，是不是？

卫　士　乙　我们不懂他说什么，公主。

莎　乐　美　对，他谈到她的惊人往事。

（一奴仆上。）

奴　　　仆　公主，国王请你回宴会厅去。

莎　乐　美　我不回去。

叙利亚青年　对不起，公主，如果你不回去，恐怕就要出坏事了。

莎　乐　美　这个先知——是不是个老头子？

卫　士　甲　不，公主，他还是个很年轻的人。

卫　士　乙　你说话有把握吗？有人说他是先知伊利亚。

莎　乐　美　伊利亚是谁？

卫　士　乙　这个国家一个古老的先知，公主。

奴　　　仆　公主要我如何禀告国王？

约卡南的声音　巴勒斯坦，不要以为国王要打你们的王杖已经断了。要知道王宫新生的蛇种还会吞下鸟雀呢。

莎　乐　美　多么奇怪的声音！我要和他谈话。

卫　士　甲　我怕这不可能，公主。国王不想让任何人和他谈话，甚至不准高级宗教人士。

莎　乐　美　我要和他谈话。

叙利亚青年　是不是回宴会厅去更好一点？

莎　乐　美　给我把先知叫来。

（奴仆下。）

卫　士　甲　我们不敢，公主。

莎　乐　美　（走到大水池旁往下一看。）怎么水这样黑！待在这样的黑洞里实在可怕！简直是个坟墓。——（对卫士）你们没听见吗？给我把先知带来。我要见见他。

卫　士　乙　公主，请你不要让我们为难。

莎　乐　美　你们要我等得不耐烦了。

卫　士　甲　公主，我们的生死你都可以决定，但是我们不能去做你要我们去做的事。实话实说，你不应该要求我们去做这种事情。

莎　乐　美　（瞧着叙利亚青年。）啊！

王后的侍从　啊！要出什么事了？我相信要发生什么不幸的事了。

莎　乐　美　（走向叙利亚青年。）你会愿意为我做这件事的，你不愿吗，呐拉波？你会为我做这件事的。我一直对你很好呀。你会为我做的。我只要看看这位异人，这位先知。大家谈他谈得这样多，我时常听见国王也谈到他。我看国王也怕他。你呢，你也怕他吗，呐拉波？

叙利亚青年　我不怕他，公主；我什么人都不怕。但是，国王正式禁止任何人揭开这口深井的井盖。

莎　乐　美　你可以为我做这件事，呐拉波。明天我的吊床经过偶像店城门的时候，我会从吊床上抛下一朵小花，一朵绿色的小花。

叙利亚青年　公主，我不敢，我不敢。

莎　乐　美　（微笑。）你要为我做这件事。呐拉波，你知道你会为我做这件事的。明天当我的吊床经过偶像店大桥的时候，我会从面纱后看着你，我会看着你的，呐拉波。我还会对你微笑呢。瞧着我吧，呐拉波，瞧着我。啊！你知道你会做我请你做的事。你知道得很清楚。——我知道你会做这件事的。

叙利亚青年　（对卫士丙示意。）让先知过来。——莎乐美公主要见他。

莎　乐　美　啊！

王后的侍从　啊，月亮看起来多么奇怪。你会以为它是女尸用尸布来遮羞的玉手。

叙利亚青年　月亮看起来真奇怪！它像一个有琥珀眼睛的小公主正在云彩织成的面纱后面，像一个小公主一样微笑呢。

（莎乐美看着先知从大水池中走出，自己慢慢退后。）

约　卡　南　谁的酒杯已经装满了苦酒？那一个总有一天会穿着银袍示众而死的君主在哪里？要他出来听

听震惊了荒野也震惊了王宫的呼声。

莎　乐　美　他说的是谁呀?

叙利亚青年　谁也不知道，公主。

约　卡　南　那个看见过墙上画满了男人形象、画满了巴比伦人五彩缤纷的肉体，又放任自己的眼睛尽情观赏，并且派人去巴比伦一饱眼福的女人，现在又到哪里去了?

莎　乐　美　他说的是我的母亲。

叙利亚青年　啊，不是，公主。

莎　乐　美　正是，他说的正是我的母亲。

约　卡　南　那个献身给亚述将军的女人在哪里?将军们腰间挂着绶带，头上戴着形形色色的三重冠。那个献身给埃及青年的女人又在哪里?青年穿着紫色布衣，带着黄金盾牌，头上戴着银盔，个个身强力壮。那个女人在哪里?叫她离开她那寻欢作乐、令人厌恶的大床，她就可以听到天主的声音，走上天主所指出的改过自新的康庄大道。即使她不悔改，而要坚持错误，那也叫她来吧，那也要她来吧，因为天主的扇子已经拿在手上。

莎　乐　美　但是他真可怕，他真可怕。

叙利亚青年　不要待在这里，公主，我求你了。

莎　乐　美　最可怕的是他的眼睛。它们像火炬在窗帘上烧出的两个黑洞。它们像毒龙盘踞的巢穴。它们像埃及毒龙做窝的地方。它们像受到变幻莫测的月亮扰乱的黑水湖。——你看他会再说一遍吗？

叙利亚青年　不要待在这里，公主。我求你不要待在这里了。

莎　乐　美　他是多么消瘦！他看起来像个象牙雕像。他又像个银装素裹的人。他的皮肤一定像象牙一般冰凉。我要走到他身边去仔细看看。

叙利亚青年　不要，不要，公主。

莎　乐　美　我一定要在近处看个清楚。

叙利亚青年　公主！公主！

约　卡　南　这样瞧着我的女人是谁？我不要她这样瞧着我。为什么她要在金光闪烁的睫毛下，用火眼金睛瞧着我？我不知道她是谁。我也不想知道她是什么人。叫她走开吧。我的话不是对她讲的。

莎　乐　美　我是莎乐美，希罗蒂娅的女儿，犹太的公主。

约　卡　南　走开！巴比伦的女儿！不要走到上帝选民的身边来！你的母亲已经把不公正的酒水洒遍了地球，她罪恶的呼声已经惊动了天主的耳鼓。

莎　乐　美　请你再说一遍，约卡南。你的声音对我甜蜜如酒。

叙利亚青年　公主！公主！公主！

莎　乐　美　再说一遍！再说一遍，约卡南。告诉我应该做什么。

约　卡　南　瑟东的女儿，不要走到我的身边来！用面纱遮住你的脸。在你头上撒满灰尘，到沙漠中去寻找人之子吧。

莎　乐　美　谁是人之子？他是不是和你一样美，约卡南？

约　卡　南　站到我后面去！我听见王宫里死神的天使在拍翅膀了。

叙利亚青年　公主，我请你回宴会厅去吧。

约　卡　南　上帝的天使，你在这里舞剑干什么？在这个肮脏的王宫里，你要找什么人？那个银装人的死期还没有到呢。

莎　乐　美　约卡南！

约　卡　南　谁叫我？

莎　乐　美　约卡南，我爱上了你的玉体！你的玉体像锄草人从来没有破坏过的草场上的百合花。你的玉体纯洁得像高山顶上的白雪，像从犹太山峰滚到平原上的白雪。阿拉伯王后花园里的白玫瑰也不如你的玉体纯洁。不只是阿拉伯王后花园里的白玫瑰，即使是黎明的脚步落在绿叶上，或者是月亮的胸脯贴在海洋的明镜上……世界上没有什么比你的玉体更清白的了。让我摸摸你的玉体吧。

约　卡　南　站开！巴比伦女人！随着女人，坏事进入了世界。不要对我说话。我不会听你的。我只听天主上帝的声音。

莎　乐　美　你的身体真讨厌，就像一个麻风病人的身体，就像一堵毒蛇爬过的污泥墙，就像一堵蛇蝎在上面做窝的污泥墙，就像一座刷白了的坟墓，里面全是腐尸烂骨。我爱上的是你的头发，约卡南。你的头发看起来像一串串葡萄，像一串串挂满了伊登乐园葡萄架上的黑葡萄；你的头发像黎巴嫩的雪杉，像黎巴嫩隐蔽了狮子的大雪杉，还隐蔽了白日藏身、黑夜显身的强盗。即使是月亮藏起了她的面孔、星星吓得胆战心惊的漫长黑夜，也没有这样黑暗。世界上没有什么比你的头发更黑的了。——让我摸摸你的头发吧。

约　卡　南　站开，撒旦的女儿！不要碰我。不要玷污了天主上帝的圣殿。

莎　乐　美　你的头发真吓人，上面沾满了污泥和灰尘。就像戴在你前额的荆冠。又像一群缠绕着你脖子的黑蛇。我不喜欢你的头发。——我想要你的嘴唇，约卡南。你的嘴唇像是象牙塔上的猩红缎带，又像用象牙刀切开的石榴。在泰尔花园里开花的石榴比玫瑰还更红，但也比不上你的嘴唇。宣布国王驾到、吓得敌人撤退的红喇叭，也远不如你红得七哩八啦。你的嘴唇比酒坊工人践踏红酒的赤脚还更红。你的嘴唇比教堂神甫喂得颈红脖子粗的鸽子还更红，比一个刚从森林中杀了一头狮子又看见金光闪闪的老虎而惊慌失措的猎夫更脸红耳赤。你的嘴唇就像渔人在晨光熹微的海上找到了一枝预备献给国王的红珊瑚一样鲜红！又像摩亚布人在矿上找到却被国王们拿走的朱砂。还像波斯国王用朱砂染红的长弓，长弓的两端都装饰了红珊瑚。世界上没有什么比你的嘴唇更红的了。——让我吻吻你的嘴唇吧。

约　卡　南　不行，巴比伦的女儿，瑟东的女人！不行。

莎　乐　美　我要吻你的嘴唇，约卡南。我要吻你的嘴唇。

叙利亚青年　公主，公主，你就像没药树的花园，你是白鸽中的白鸽，不要看着这个人，不要看他！不要对他说这些话。我受不了。——公主，公主，不要说这些话。

莎　乐　美　我要吻你的嘴，约卡南。

叙利亚青年　啊！

（自杀，倒在莎乐美和约卡南之间。）

王后的侍从　这个年轻的叙利亚人自杀了。这个年轻的卫队长自杀了。他是我的一个朋友，但是他却自杀了。我给了他一盒香粉和一副银耳环，但是现在他却自杀了。啊，他不是预言过有不幸的事情要发生吗？我不是也做过这样的预言，而且不幸的事情发生了吗？我只知道月亮在寻找死人，但不知道月亮找的是他。啊！我为什么不把他藏起来，让月亮找不到他？假如我把他藏在洞里，月亮就不会看见他了。

卫　士　甲　公主，年轻的卫队长刚刚自杀了。

莎　乐　美　让我吻你的嘴唇，约卡南。

约　卡　南　希罗蒂娅的女儿，难道你不害怕吗？难道我没有告诉过你我在王宫听见死神拍翅膀的声音、看见死亡天使降临吗？

莎　乐　美　让我吻你的嘴唇。

约　卡　南　你这乌烟瘴气的母亲生下的乱七八糟的女儿，只有真主可以救你。快快去找他吧！他在加勒里海的船上，正在和他的信徒们讲话呢。跪到海岸上去，呼喊真主的圣名。当真主来临的时候，（他会回应每个呼唤他的众生。）弯腰跪倒在他足下，来求他恕罪吧。

莎　乐　美　让我吻你的嘴唇。

约　卡　南　该诅咒的母亲生下乱七八糟的女儿，应该受到诅咒。

莎　乐　美　我要吻你的嘴唇。

约　卡　南　我不想再看到你。我不愿意再看到你。你该受到诅咒。莎乐美，你该受到诅咒。

（他走下大水池。）

莎　乐　美　我要吻你的嘴唇，约卡南，我要吻你的嘴唇。

卫　士　甲　我们必须把尸体搬到别的地方去。国王不愿意看见尸体，除非那是他自己杀死的人。

王后的侍从　他是我的兄弟，比兄弟对我还更亲近。我给了他一小盒香粉，还给了他一个戴在手指上的玛瑙指环[①]。到了晚上，我们常在河边散步，沿着杏树向前走，他会告诉我许多关于他国家的事。他说话的声音非常低沉，低得像一个笛子手吹笛子的声音。他也喜欢看自己在河中留下的影子。我常常怪他不该顾影自怜。

卫　士　乙　你说得对。我们一定要把尸首藏起来。不能让国王看见尸体。

卫　士　甲　国王不会到这种地方来。他从来不会走上露台。他非常怕见到先知。

（国王、希罗蒂娅和随从上。）

国　　　王[②]　莎乐美在哪里？公主在哪里？她为什么不按照我的吩咐，回到宴会厅去？啊，她在这里。

---

① 编者注：此处“玛瑙指环”，上文为“银耳环”，看似不一致，不过原文如此。

② 编者注：即人物表中的希罗王，下称“国王”。

希罗蒂娅　你不该瞪着眼睛看人。你却一直这样看她。

国　　王　今夜的月亮很奇怪。她的样子不奇怪吗？她看起来像一个发了疯的女人，一个发了疯、到处寻找情人的疯子。她是全身裸露的，似乎还嫌裸露得不够。云彩想要掩蔽她裸露的身体，但是她不愿意掩盖她的裸体。她要在天上显露她的裸体美。就在云彩中旋来转去像一个喝醉了酒的女人。——我敢说她在寻找情人。难道她旋来转去不像一个喝醉了的女人吗？她简直像个疯子，是不是？

希罗蒂娅　不对，月亮就只是月亮，不过如此而已。我们进去吧。——这里没有什么好看的。

国　　王　我要留在这里看看。马勒斯，铺上地毯，点起火炬，把象牙桌和碧玉桌搬出来。这里空气新鲜。我要和我的客人在这里喝酒。我们对凯撒派来的使臣要尽量隆重接待。

希罗蒂娅　你待在这里不是为了凯撒的使臣吧？

国　　王　是的，这里空气多么新鲜。来吧，希罗蒂娅，我们的贵宾在等待我们。啊，我滑了一下！在血泊中滑了一下！这是个不好的兆头，非常不吉利的兆头。这是哪里来的鲜血？——还有这个尸体，这是哪里来的？难道你以为我是埃及国王，开宴会只对贵宾展览死尸吗？这是谁的尸体？怎能让我看到！

卫 士 甲　王上，这是我们卫队长的尸体。他是个叙利亚的年轻人，是您三天前任命他做卫队长的。

国　　王　我没有命令他去死呀。

卫 士 乙　他是自杀的，王上。

国　　王　在我看来，这就怪了。我以为只有罗马哲学家才会自杀的。难道不是这样的吗，蒂杰琳？只有罗马的哲学家才会自杀？

蒂 杰 琳　有的哲学家也会自杀，王上。那是些怀疑主义者。怀疑主义者都是粗心人，是些可笑的人。我自己把他们看成十分可笑的人。

国　　王　我看也是如此。自杀是非常可笑的。

蒂 杰 琳　罗马每个人都笑自杀的人。罗马皇帝也讽刺自杀的人。到处都在传诵。

国　　王　啊，他写了讽刺他们的文字？凯撒真是一个奇人。他是无所不能的。——奇怪的是，年轻的叙利亚队长为什么自杀了？我很惋惜他的自杀。我觉得很可惜，因为他看起来很英俊，甚至可以说是十分英俊。他的眼色非常忧郁。我记得我看见他忧郁地瞧着莎乐美。的确，我想他看莎乐美看得太多了。

希罗蒂娅　还有别人看莎乐美也看得太多了。

国　　王　她的父亲是国王，我把他赶出王国。她的母亲是王后，希罗蒂娅，你把她当奴隶。年轻人本来是客，我让他做队长。他死了很可惜，为什么把尸体留在这里？我不想看见——快搬走吧。（尸体搬走。）这里冷了。起风了。是不是起风了？

希罗蒂娅　不，没有起风。

国　　王　我告诉你起风了——我听见空中有拍翅膀的声音，像是巨大的翅膀发出的声音。难道你没有听见？

希罗蒂娅　我什么也没有听见。

国　　王　我也听不见了。但我是听见过的。听起来就是风声，没有问题。但是风已经吹过去了。不，我又听到风声了。难道你没有听见吗？就像拍翅膀的声音。

希罗蒂娅　我告诉你我什么也没有听见。你恐怕是病了。我们还是进去吧。

国　　王　我没有病。是你的女儿出了毛病。她看起来像个病人。我从来没见过她的脸色这样苍白。

希罗蒂娅　我对你说过：不要这样盯着她看。

国　　王　给我倒酒。（上酒。）莎乐美，来和我一起喝酒。我这酒好极了，凯撒亲自送给我的。你只要用你的樱桃红唇沾上一点，我就可以把酒喝光。

莎 乐 美　我不渴，国王。

国　　王　你听见她怎样回答我吗？你的这个女儿？

希罗蒂娅　她做得对。你为什么老是盯着她看？

国　　王　快送水果上来。（水果送上。）莎乐美，来和我同吃水果。我喜欢看到你的牙齿在水果上留下的印痕。你只要咬上一口，我就会把剩下的全都吃掉。

莎 乐 美　我不饿，国王。

国　　王　（对希罗蒂娅）你看你养了一个这样的女儿。

希罗蒂娅　我的女儿和我都来自帝王世家，而你的父亲却只是一个赶骆驼的。他还做过强盗。

国　　王　你胡说！

希罗蒂娅　你知道这是事实。

国　　王　莎乐美，过来坐到我的身旁。我要把你母亲的王后位子让给你坐。

莎 乐 美　我并不累，国王，并不想坐。

希罗蒂娅　你看她把你看成什么了。

国　　王　给我拿来——拿什么来？我也忘了。啊，啊，我想起来了。

约卡南的声音　看！时间已经到了！我的预言就要实现。这是天主上帝说的。瞧，我说过的日子已经来到。

希罗蒂娅　叫他闭嘴。我不要听见他的声音。这个人总是吐出些胡言乱语来污蔑我。

国　　王　他并没有说你的坏话。再说，他也是一个伟大的先知呀。

希罗蒂娅　我不相信先知。一个人怎么说得出将要发生的事？谁也不知道。再说，他总是侮辱我。我以为你怕他——我知道你怕他。

国　　王　我不怕他。我谁也不怕。

希罗蒂娅　我说你就是怕他。如果你不怕他，为什么不把他交给犹太人？他们六个月来一直要整他。

犹太人甲　的确，王爷，最好把他交到我们手里。

国　　王　这话谈够了。我不会把他交到你们手里。他是一个圣人，是一个见过上帝的人。

犹太人甲　这不可能。除了伊利亚先知之外，没有人见过上帝。他是最后一个见过上帝的人。在那些日子里，上帝并不现身。他隐身了。因此天下大乱。

犹太人乙　的确，没有人知道伊利亚先知是不是见过上帝；说不定他看到的只是上帝的影子。

犹太人丙　上帝是在任何时候都不会隐身的。他随时可以显身为任何东西。即使在罪恶中也可以看到上帝显身。上帝会在罪恶中，就像会在好事中显身一样。

犹太人丁　话不能这样说。这样说很危险。这种说法来自亚历山大学派，那里讲学的是希腊学派。而希腊人是异邦人。他们是不干不净的。

犹太人戊　没有人说得出上帝是怎样行动的。他的方法非常神秘。我们说是“恶”的东西，他可能说是“善”，而我们说是“善”的东西，他却可能说是“恶”。我们什么也不知道，随便他说什么，我们都必须照办。我们必须服从。上帝非常伟大。他可以把强者和弱者都打得粉碎。因为他并不把任何人放在眼里。

犹太人甲　你说得对。上帝是可怕的。他把强者和弱者都压得粉碎，就像人用磨子把谷子碾得粉碎一样。但是这个人从来没有见过上帝。在先知伊利亚之后，就没有人见过上帝了。

希罗蒂娅　叫他们不要说了，听得人要累死。

国　　王　但我听说约卡南就是你们的先知伊利亚。

犹 太 人　这不可能。先知伊利亚的时代已经过去三百多年了。

国　　王　但是有人说这个人就是先知伊利亚。

基 督 徒　我敢肯定他是先知伊利亚。

犹 太 人　不，他不是先知伊利亚。

约卡南的声音　日子到了，天主的日子到了。我在山顶上听见天主的脚步声，他就要成救世主了。

国　　王　这是什么意思？要做救世主？

蒂 杰 琳　这是凯撒取的名字。

国　　王　但是凯撒不会到犹太国来。就在昨天我还得到罗马来信。信中一点也没有提到这件事。而蒂杰琳，你冬天在罗马，有没有听到过这种事呀？

蒂　杰　琳　王爷，我没有听到过这种事。我只会解释这个头衔。这只是对凯撒的一种称呼。

国　　　王　但是凯撒不能来呀。他的大腿肿了。据说肿得像大象的粗腿。此外，还有国事繁忙的原因。离开了罗马就会失掉罗马，无论如何他不能来。凯撒是罗马的主子。如果他想来，他当然会来。不过，我想他不会来。

基督徒甲　先知的这些话，并不是针对凯撒说的。

国　　　王　也不是关于凯撒的吗？

基督徒甲　不是，王爷。

国　　　王　那说的是谁呢？

基督徒甲　说的是罗马的救星。

犹太人甲　救星还没有来呀。

基督徒甲　救星已经来了，并且什么地方都可以看到。他能创造奇迹。

希罗蒂娅　呵呵！奇迹！我不相信奇迹。我见过的太多了。（对侍从）我的扇子！

基督徒甲　这个人真能创造奇迹。就是这样，有一次在一个重要的小城加利利举行婚礼的时候，他把水变成了酒。这是有些亲眼看到的人告诉我的。

此外，他还用手一摸，就治好了两个坐在卡泊南城门口的麻风病人。

基督徒乙　不对。他在卡泊南治好的是两个瞎子。

基督徒甲　不对，是两个麻风病人。不过，他也治好了两个瞎子。还有人看见他在山顶上和天使谈话。

萨都齐人　天使并不存在。

法利齐人　天使是存在的，不过，我不相信这个人和天使谈过话。

基督徒甲　有很多人看见他和天使谈话。

萨都齐人　不是和天使谈话。

希罗蒂娅　听这些人要把我累死了！简直可笑！（对侍从说。）喂，拿扇子来！（侍从送上扇子。）你的眼睛看起来在做梦；你可不能做梦啊。只有病人才会做梦。（用扇子打侍从的脸。）

基督徒乙　还有耶鲁斯女儿的奇迹。

基督徒甲　对，肯定是有。没有人能否定。

希罗蒂娅　这些人都疯了。他们看月亮看得太久，叫他们不要再啰唆了。

国　　王　耶鲁斯女儿的奇迹是什么？

基督徒甲　耶鲁斯的女儿死了，他却能起死回生。

国　　王　他能起死回生？

基督徒甲　是的，王爷，他能起死回生。

国　　王　我不希望天主能够起死回生。我不许他有回生之术。我不许任何人能救活死人。这个人必须找到，并且告诉他：即使他是天主，我也禁止他把死人救活。他现在在哪里？

基督徒乙　天主无所不在，王爷，但是很难找到。

基督徒甲　据说天主现在在萨摩那。

犹太人　那很容易发现他并不是天主，如果说他是在萨摩那的话。因为天主不会到萨摩那人那里去。萨摩那人是受到诅咒的，他们从来不到圣庙去祭奠。

基督徒乙　天主离开萨摩那已经有几天了。我看他现在应该到了耶路撒冷附近。

基督徒甲　不，他没有到耶路撒冷。我刚从那里来。他们有两个月没有他的消息了。

国王　没有关系。让他们去找他，并且替我告诉他：我不许他起死回生，化水为酒，医治麻风病和瞎子——他高兴做什么就做什么。我不反对他做这些事。说老实话，我认为治好麻风病是一件好事。但是我不许任何人起死回生。如果死人复活，那是一件可怕的事。

约卡南的声音　啊，放荡！卖淫！巴比伦金眼玉睛的女人。天主上帝说：来一大堆男人吧，让男人用石头把她打死吧。

希罗蒂娅　叫他不要说下去了。

约卡南的声音　要军队的长官用刀砍她，用盾牌压得她粉身碎骨。

希 罗 蒂 娅　不，那也并不光彩。

约卡南的声音　就是这样，我要把世上的坏事打扫得一干二净，使所有的女人都不敢为非作歹。

希 罗 蒂 娅　你听见他是怎样污蔑我的吗？你能让他这样谩骂你的妻子吗？

国　　　王　他并没有指名道姓呀。

希 罗 蒂 娅　那有什么关系？你明明知道他要污蔑的是我。而我是你的妻子，难道我不是吗？

国　　　王　说一句老实话，亲爱而又高贵的希罗蒂娅，你是我的妻子，但是在这之前，你是我哥哥的妻子。

希 罗 蒂 娅　是你把我从他怀里抢过来的。

国　　　王　说一句老实话，我比他更强。——不过，我们不要谈这些。我不想再谈了。这是那个先知谈到的造成可怕往事的原因。说来也怪，这件往事又造成了新的不幸。所以我们不要再谈了。高贵的希罗蒂娅，我们可不能亏待了我们的贵宾呀。把我的酒杯斟满，我亲爱的，把高脚银杯和大玻璃杯都斟得满满的酒。我要向凯撒祝酒。这里有罗马的贵宾。我们不能不向凯撒致敬呀。

众　　　人　凯撒！凯撒！

国　　王　你没有看见你的女儿？她怎么脸色苍白了？

希罗蒂娅　她的脸色苍白和你有什么关系？

国　　王　我从来没见过她这样苍白。

希罗蒂娅　你不应该这样瞪着眼睛看她。

约卡南的声音　到了那一天，太阳会黑得像头发织成的布，月亮会红得像血，满天星斗会像无花果从树上落到地上，使世上的国王都害怕。

希罗蒂娅　啊，啊！我想看到他说的那一天，月亮红得像血，天上星像无花果落满地。这个先知说话像醉汉——我不喜欢他的声音，我甚至讨厌他的声音。叫他不要说了。

国　　王　不行。我不懂他说些什么。但可能是一个预兆。

希罗蒂娅　我不相信预兆。他说话像一个醉汉。

国　　王　也许他是喝上帝的仙酒喝醉了。

希罗蒂娅　上帝的仙酒是什么酒？在什么作坊里做出来？用什么压榨机榨出来的？

国　　王　（从这时起，他一直盯着莎乐美。）蒂杰琳，你近来一直在罗马，凯撒大帝有没有和你谈到——？

蒂　杰　琳　谈到什么，王爷？

国　　王　谈到什么？啊，我要问你一个问题，是不是？但是我忘记了要问你什么。

希罗蒂娅　你一直在看我的女儿。你不要再看她了。我已经对你说过。

国　　王　你没有别的可以说?

希罗蒂娅　我要再说一遍。

国　　王　关于那个谈得最多的修复神庙的问题，做出了什么事吗?他们说神殿的帐幕不见了，是不是?

希罗蒂娅　那是你自己偷走了。你不小心说了出来。我不想待在这里了。我们进去吧。

国　　王　为我跳一个舞吧，莎乐美。

希罗蒂娅　我不要她跳舞。

莎 乐 美　我也不想跳舞，王爷。

希罗蒂娅　(笑。)你看，她多么听你的话。

国　　王　她跳舞不跳舞，和我有什么关系?那和我没有任何关系。今夜我很高兴，我非常高兴。我还从来没有这样高兴过。

卫 士 甲　国王脸色阴沉。他看起来是不是阴沉沉的?

卫 士 乙　对，他看起来阴沉沉的。

国　　王　为什么我不应该快活?凯撒是世界的主子，也是万物的主人。他是这样爱我。他刚刚给了我最宝贵的礼物。他答应了我要卡帕多国王到罗马来，而那个国王是我的对头。他可能会把他钉死在十字架上。因为他在罗马可以为所欲为。的确，凯撒就是主子。因此，你看，我有权快活。所以，我的确快活。世界上没有什么事叫我不快活。

约卡南的声音　他应该坐上王位。他应该穿上紫色王袍。他的手中应该捧着一个诅咒的金杯。天主的使者会打击他。他会被害虫吃掉。

希罗蒂娅　你听见他说什么关于你的话吗？他说你会被害虫吃掉。

国王　他说的不是我。他从来没有说过我的坏话。他说的是卡帕多国王。而卡帕多国王是我的对头。他会被虫吃掉，而不是我。他从来没有说过对我不好的话。只说过我不该娶我哥哥的妻子做妻子，那是犯罪。也许他说得对。因为你的确不会生孩子。

希罗蒂娅　我不会生孩子吗？这是你说的，你一直瞪着眼睛在看我的女儿，你想要她跳舞使你开心吗？我没有生孩子？这样说是荒谬的。我生了一个孩子。你才没有生过孩子呢。没有，即使你的女奴也没有一个和你生过孩子的。所以你才是没有子女的，而不是我。

国王　不要多说了，女人！我说你没有生孩子，是说你没有和我生过一个孩子。所以，先知说，我们的婚姻不是真正的婚姻。他说我们的婚姻只是乱伦的婚姻，因为你本来是我哥哥的妻子，所以这种婚姻会带来灾难——我怕他说对了；

我敢肯定他说对了。不过，现在不是谈这个问题的时候，现在我需要的只是过得快活。说句老实话，我现在很快活。我什么也不缺。

希罗蒂娅　我很高兴，你今夜的脾气这么好。你的习惯并不是这样的。现在已经晚了。我们还是进去吧。不要忘了明天一早我们还要去打猎呢。我们必须对凯撒的使臣毕恭毕敬，难道不该这样吗？

卫士乙　国王的脸色多么阴沉啊。

卫士甲　不错，他的脸色阴沉沉的。

国王　莎乐美，莎乐美，为我跳个舞吧。我请求你了，为我跳个舞吧。我今夜过得不快活。对，我今夜过得不快活。我来的时候在血里滑了一下脚，这是一个不吉利的兆头；并且我听到，我敢肯定说，我听到空中有拍翅膀的声音，有巨大翅膀拍打的声音。我说不出这是什么意思。——我觉得今夜非常不快活。因此，为我跳个舞吧。为我跳个舞吧，莎乐美，我求你了。只要你为我跳个舞，你就可以随意提出任何要求，我都会满足你。即使你要我半个王国，我也会给你的。

莎乐美　（*起立。*）你真的会我要什么，就给我什么吗，王爷？

希罗蒂娅　不要跳舞，我的女儿。

国　　王　你要什么，就给什么，甚至半个王国。

莎乐美　你敢发誓，王爷？

国　　王　我就发誓，莎乐美。

希罗蒂娅　不要跳舞，我的女儿。

莎乐美　你用什么名义起誓？

国　　王　用我的生命，用我的王冠，用我的天神担保。你要什么，我就给你什么，甚至给你半个王国，只要你为我跳舞，我就给你。啊，莎乐美，莎乐美，为我跳舞吧！

莎乐美　你发誓了，王爷？

国　　王　我发誓了，莎乐美。

莎乐美　我要什么，就给什么，甚至半个王国？

希罗蒂娅　我的女儿，不要跳舞。

国　　王　甚至给你半个王国。你会被认为美得像半个王后，莎乐美。如果你想要得到我的半个王国，你不会美得像个王后吗？啊，这里好冷！简直是冰风雪雨。我听得到——为什么我听到空中有拍翅膀的声音？啊，可以想象是一只鸟，一只巨大的黑鸟在阳台上空盘旋。为什么我看不到这只大鸟？它的翅膀拍得响声惊人。它的翅膀扇出来的风太可怕了！那是一阵寒风。不对。不是寒风而是热风。我都要窒息了。快把水浇到我的手上来。快拿雪给我吃。解开我的外衣。

赶快，赶快！解开我的外衣。不对，随它去吧。是我的花冠使我难受，是我的玫瑰花冠。花简直是火，烧伤了我的额头。(把花从头上取下，抛在桌上。)啊！我现在能呼吸了。这些花瓣多红啊！简直像是布上的血迹。这都没有关系。你不应该什么东西都看它的象征意义，那就使生活变得不可能了。最好是说血迹红得像玫瑰花瓣。更好的说法是——但是不要多说。我现在快活了。我还不只是快活。我不是可以快活一个晚上吗？你的女儿要为我跳舞了。你不是要为我跳舞吗，莎乐美？你答应了为我跳舞的。

希罗蒂娅 我不让她跳舞。

莎乐美 我要为你跳舞，王爷。

国王 你听见你的女儿说什么了。她要为我跳舞。你为我跳舞，很好，莎乐美。等你为我跳舞之后，不要忘了向我讨你想要得到的东西。无论你要什么，我都会给你的，即使你要我的半个王国。我也发过誓了，是不是？

莎乐美 你发过誓了，王爷。

国王 而我从来没有违背过我发的誓言。我不是那种违背誓言的人。我不会说谎。我是我誓言的忠实奴才，而我的誓言是一个国王的誓言。卡帕多的国王常常说谎，不过他不是一个真正的国王。他是一个胆小鬼。他还欠了我的债不还，甚至侮辱我的使臣。他还说些伤人的话。但是等他来到罗马，凯撒会把他送上断头台的。如果不断头，他也会给蛆虫吃掉。先知早有预言在前。那好，你为什么还迟迟不跳呢，莎乐美？

莎　乐　美　我在等我的女奴拿香粉来，还有我的七重面纱。还要脱掉我的草鞋。（女奴送上香粉、七重面纱，脱下莎乐美的草鞋。）

国　　　王　你要光着脚跳舞了，很好，很好。你的小脚就像白鸽，会像小白花在树上跳舞——不，不，她是在血上跳舞。她不能在血上跳。那可是个凶兆。

希罗蒂娅　她在血上跳舞和你又有什么关系？你难道不是从深深的污血中走过来的？

国　　　王　和我有什么关系？啊，瞧瞧月亮！月亮也变红了。啊，先知预言不错。他预言说月亮会红得像血。他不是预言对了吗？你们大家都听见的。现在，月亮真红得像血了。难道你们没看见吗？

希罗蒂娅　啊，是的，我看得很清楚，星星也像无花果熟了一样落在地上，是不是？而太阳也暗得像块头发织成的黑布。连世界上的国王看了都害怕。

这点至少我们可以看到。先知一生中至少有一次说对了。世上的国王都害怕。——我们进去吧。你有病了。在罗马，他们会说你发了疯。我们还是进去吧，我对你说。

约卡南的声音　谁是从伊登来的？谁是从波兹拉来的，衣服染成紫色，显得光辉灿烂，走起路来得意扬扬？为什么你的衣服要染成紫色？

希罗蒂娅　我们进去吧。这个人的声音要使我发疯了。我不要我的女儿在他这样高声大叫时跳舞。我不要她在你这样眼瞪瞪地瞧着她的时候跳舞。总而言之一句话，我不要她跳舞。

国王　不要起来，我的妻子，我的王后，你起来没有什么作用。在她跳完舞之前，我是不会进去的。跳吧，莎乐美，为我跳舞吧。

希罗蒂娅　不要跳舞，我的女儿。

莎乐美　我已经准备好了，王爷。（莎乐美跳七重面纱舞。）

国王　啊，好极了！好极了！你看，你的女儿，她为我跳舞了。过来，莎乐美，过来吧，我要把我的奖赏给你。啊，我给舞女的奖赏很高。我要给你皇家大奖。你心里想什么，我就给你什么。你想要什么？说吧。

莎乐美　（跪下。）我要他们用大银盘子给我送上——

国　　王　（笑。）一个大银盘子？当然可以。要一个大银盘子。她说得真迷人，是不是？你要在银盘子里放什么？啊，美丽可爱的莎乐美，你比全犹太的美女都更美。你要他们在银盘子里放上什么？告诉我，随便你要什么，他们都会给你送上。我的宝库都是你的。你要什么，莎乐美？

莎 乐 美　（站起。）我要约卡南的头。

希罗蒂娅　啊，说得好，我的女儿。

国　　王　不，不对，莎乐美。你不会提这个要求。不要听你母亲的话。她总是给你出坏主意。不要理她。

莎 乐 美　我并不是听我母亲的话。这是我自己的爱好，所以我才要在银盘子里放上约卡南的人头。你已经发了誓。不要忘记你已经发过誓了。

国　　王　我知道，我已经用天神的名义发过誓。我知道得很清楚。不过，我请求你，莎乐美，向我提别的要求吧。即使你要我半个王国，我也会给你的。但是不要提刚才的要求了。

莎 乐 美　我只要你给我约卡南的头。

国　　王　不行，不行。我不能给。

莎 乐 美　你发了誓，国王。

希罗蒂娅　对，你发了誓。大家都听见的。你是当着大家的面发的誓。

国　　王　不要多嘴！我没有对你说话。

希罗蒂娅　我女儿做得对，她要约卡南的头。他污蔑了我。他说了些荒谬的话来污蔑我。大家看得出我女儿是爱她妈妈的。不要改口，我的好女儿。他发过誓的。他发过誓的。

国　　王　不要多嘴，不要对我胡说——来吧，莎乐美，要讲道理。我从来没有亏待过你。我一贯是爱你的。——也许我是太爱你了。因此，不要对我提出这个要求。这是一个可怕的要求。要求我做一件吓死人的事，而且还是认真说的。把一个人头从颈上砍下来，那看起来是很难受的，难道不是吗？自然更不适宜让一个少女去亲眼见到了。你看了会得到什么乐趣呢？什么也得不到，一点乐趣也没有，因此，这不会是你想做的，不是，不是，不是你想做的事。你听我说，我有一个绿宝石，又大又圆，是凯撒宠爱的手下人送我的，如果你能看清这个宝石，就能看清远处发生的事情。凯撒自己去马戏场也佩戴这样的绿宝石，不过我的宝石更大。我知道，这是世界上最大的绿宝石。你会喜欢它的，是不是？如果你要，我就送给你了。

莎 乐 美　我要约卡南的头。

国　　王　你没有听我说。你没有听我说。那就听我再说一遍。

莎　乐　美　我要约卡南的头。

国　　　王　不行，不行。你不能要他的头。你这样说得我心烦意乱。因为我整个晚上都在瞧着你。的确，我这样瞧着你已经瞧了一个晚上。你的美貌使我心烦意乱。你的美貌使我痛苦不堪。我瞧你瞧得太多，我不再瞧你了。既不再看东西，也不再看人了。一个人只应该照镜子，因为镜子会照出我们的假面孔。啊，啊，拿酒来，我渴了。——莎乐美，莎乐美，让我们做朋友吧，来吧——啊，我要说什么？说什么？啊，我想起来了。——莎乐美——不，走过来一点。我怕你听不见。——莎乐美，你知道我有白孔雀，美丽的白孔雀，在公园里的长春花和大柏树之间走来走去。它们的嘴唇镀了金，它们的食物是金色的，它们的脚也染上了紫色。它们一叫，雨就来了，它们展开尾巴，你就会看见月亮。它们在柏树和长春花之间走来走去，有人照顾。它们飞过树间或蹲在草上或者湖边。世界上的国王连凯撒都没有这种珍奇的鸟，我可以给你五十只，它们会如云随月一样跟随你，只要你放弃我发过的誓言，不要我把你向我讨的人头给你。

（喝完杯中酒。）

莎 乐 美　把约卡南的头给我！

希罗蒂娅　对，我的好女儿！至于你呢，你和你的孔雀说起来都可笑。

国　　王　不要胡说！你总是胡说八道，像只野狗。不要再胡说了。你的声音听得叫人厌烦。不要再胡说八道了，我说。——莎乐美，想想你是在做什么。这个人是上帝派来的人。他是一个圣人。上帝的手指碰过他。上帝要他说出可怕的话来。无论是在王宫中还是在沙漠里，上帝都是和他在一起的。——至少，可能是在一起。谁知道呢？可能上帝支持他，是和他站在一边的。再说，他死了会给我带来不幸。至少他说过，他死的日子会给人带来不幸。这个不幸的人很可能就是我。不要忘了，我来的时候在血泊中跌了一跤。再说，我听见空中有拍翅膀的声音，而且是沉重的翅膀。这些都是非常不好的兆头。我敢肯定还有不好的兆头，虽然我没有亲眼看见。那好，莎乐美，你不会喜欢我发生什么不幸的事吧？你当然不会希望我不幸的。那就听我的话吧。

莎 乐 美　把约卡南的头给我！

国　　王　啊，你没有听我说。你要镇静，我——我就很镇静。你听我说。我有珠宝藏在这里。——是你母亲从来没见过的，一见一定会大吃一惊。我有一串珍珠项链，珍珠排成四行，像是银光锁在一起，又像金网中的五十个月亮。有一个王后把它挂在象牙般的胸脯上。你如果把它挂在胸前，一定可以和王后比美。我有两种绿宝石：一种黑得像酒，另一种红得像掺了红水的酒。我还有黄宝石——黄得像老虎眼，粉红的像斑鸠眼，绿的像猫儿眼。我有蛋白石像燃烧的冰焰，能创造悲哀的心灵，却害怕影子。我有玛瑙像女尸的眼珠，我有月宝石会随着月亮盈亏而变化，看见太阳却会亏损。我有蓝宝石大得像鸡蛋，蓝得像兰花。海水在宝石中涨落，而月亮却从来不侵犯蔚蓝的波涛。我有绿玉石、蛇胆石、海绿石、红宝石。我有橄榄石、海蓝玉、玛瑙石。我可以把这些都给你，全都给你，还可以增加一些别的。印度群岛的国王直到目前为止只送了我四把扇子，都是用鹦鹉羽毛做成的。鲁米迪亚国王送了我一件驼毛衣，我有一块水晶石，女人和青年不挨打都不许看。在一个蚌壳箱子里，我有三块神奇的宝石：戴在头上能丰富想象力，戴在手上能使女人不怀孕，这些都是无价之宝。这还不够。象牙盒子里有两个金杯，能使毒液变苹果汁。一个箱子里有玻璃草鞋，还有远方买来的外衣和首饰……除了这些，你还要什么，莎乐美？告诉我，我都会满足你。除了一个人的生命之外，你可以有求必应，包括神甫袍和修女面纱。

犹 太 人 啊！啊！

莎 乐 美 把约卡南的头给我！

国 王 （坐回原位。）她要什么，就给她什么吧！看来还是有其母必有其女的！（卫士甲走过来。希罗蒂娅把国王手上的死刑戒指拿来交给卫士，卫士立刻把戒指给刽子手。刽子手看来惊慌失措。）谁把我的戒指拿走了？我的右手本来戴了一个戒指的。谁把我的酒喝光了？我的酒杯本来是满满的。有人把我的酒喝光了！哦！肯定要有坏事落到某人头上了。（刽子手走下大水池。）为什么我要发誓？国王是不能信口开河的。如果他说话不算数，那很可怕。如果他说话算数，那也很可怕。

希罗蒂娅 我女儿做得好。

国 王 我敢肯定坏事要发生了。

莎 乐 美 （靠着大水池倾听。）没有听见声音。我什么也没有听见。这家伙为什么不哭不喊？如果有人要杀死我，我是会喊叫的。我是会挣扎的。我可不能吃苦不开口。——砍吧，砍吧，拿曼，砍吧。我说——不，我什么也没有听到。一片寂静，静得吓人。啊！有什么东西落到地上了。我听见有东西落地了。是刽子手的刀吧。他害怕了，这个奴才。他让他的刀落到地上了。我听得到有东西落了地。他不敢杀死他。他是个胆小鬼，这个奴才！把卫士叫来。（她看见希罗蒂娅的侍仆，就叫住他。）快去，你是死者的朋友，是不是？那好，我告诉你，死了人还不够。去叫卫士下去。把我要的东西拿来，就是国王答应给我的东西，那就是我要的东西。（侍仆后退。她又转向卫士说。）卫士们，你们去吧。你们下到大水池去给我把那个人头拿来。（卫士后退。）国王呀，国王，命令你的兵士去给我把约卡南的头拿来。

（刽子手又粗又黑的胳臂出现在大水池上，手里捧着一个银盾，盾上放着约卡南的头。莎乐美一把抓住。国王用衣袖遮脸。希罗蒂娅微笑地摇着扇子。基督徒跪下祈祷。）

啊，你不让我吻你的嘴，约卡南。那好，我现在要吻你了。我要像用牙齿咬苹果一样吻你的脸。对，我要吻你的嘴。我要用牙齿咬你的嘴唇。约卡南，我说过的。难道我没有说过吗？

我说过的。现在，我要吻你了。——你为什么不瞧着我，约卡南？你的眼睛看起来如此可怕，怒气冲冲，高高在上，现在怎么也闭上了？为什么要闭上？睁开你的眼睛，不要闭上眼帘，为什么不看看我，约卡南？难道你怕我吗，约卡南？所以才不敢看我？——你的舌头像一条喷射毒气的红蛇，现在却一动不动，再也说不出话来了！——你不要我，约卡南。你拒绝了我。你说我的坏话，把我当作一个风流放荡的女人，我，莎乐美，希罗蒂娅的女儿，犹太国的公主！那好，约卡南，但是我还活着，而你呢，你已经死了，你的头却是属于我的了。我要把它怎么样就怎么样。我要把它拿去喂狗，就拿去喂狗；或者拿去喂天上的飞鸟。狗吃得剩下来的，飞鸟也会吃掉。——啊，约卡南，约卡南，你是唯一的我爱过的人，别的男人在我看来都很可恨。而你呢，你却很美。你的身体像是银子基石上的象牙柱。它像是一个白鸽满天飞、百合到处开的花苑，一个装饰着象牙柱子的银塔。世界上没有什么比你的玉体更加纯净洁白，比你的头发更加乌黑，像你的嘴唇那样红润。你的声音是一个散发奇香异味的香炉。当我瞧着你的时候，我听得见天外的音乐。啊！你为什么不瞧着我，约卡南？在你的毒手和诅咒后面隐藏着你的真面目。你的眼皮掩盖了你的眼睛，使你看不见真神。那好，即使你看见了真神，你也没有看见我。如果你看见了我，你就会爱上我的。我看见了你，约卡南，我就爱上你了。啊，我多么爱你呀！我现在还爱你呢。并且只爱你一个——我渴望占有你的美。我如饥似渴地要占有你的身体。美酒和美食都不能满足我的欲望。我该怎么办呢，约卡南？洪水和大海都不能满足我的欲望。我是一个公主，你却瞧我不起。我是一个处子，你却不爱童贞。我清白如水，你却使我心生欲火——啊，啊，你为什么这样瞧着我，约卡南？如果你以前这样瞧着我，你会爱上我的。我知道你会爱上我的。爱情的神秘可以战胜死亡的神秘。只要你想爱就行。

国　　王　她成了魔鬼了，你的女儿，她简直成了魔鬼。说老实话，她的所作所为实在是犯下了大罪。我敢肯定，这反对的不知道是哪一位上帝。

希罗蒂娅　我支持我女儿的所作所为，我站在她这一边。

国　　王　（站起。）啊！不忠实的妻子说话了。我待不下去了。我敢说，大祸临头了。玛拿西、以萨迦、欧季亚，快熄灭火把。我不能视而不见，也不能不闻不问。快灭了火把，不要星光月光。我要躲到王宫里去。希罗蒂娅，我开始害怕了。

（仆人熄灭火把。乌云遮蔽星月。舞台黑暗。国王开始爬上楼梯。）

莎乐美的声音　啊，我吻了你的嘴唇，约卡南，我吻了你的嘴唇。你嘴上有苦味。是不是血？也许是爱的滋味——据说，爱情有苦味——那有什么关系？那有什么关系？我吻过你的嘴了，约卡南。

（一道月光照在莎乐美身上，使她全身明亮。）

国　　　王　（转身看着莎乐美。）把这个女人杀了！

（卫士冲上台前，把希罗蒂娅的女儿，犹太国的公主莎乐美，压在盾牌下。）

（闭幕）

文德美夫人的扇子

剧中人物

文德美爵士（亚瑟）

达灵顿爵士

奥古斯都勋爵

登比先生

西西·格拉汉先生

霍泊先生

派克　门人

文德美夫人

北维克公爵夫人

亚加莎·卡莉索小姐

普林达夫人

斯达菲夫人

杰布格夫人

考珀·考珀夫人

艾琳夫人

萝莎莉　女仆

布　　景

第一幕

文德美爵士家起居室

第二幕

文德美爵士家会客室

第三幕

达灵顿爵士家

第四幕

同第一幕

时　间：当代

地　点：伦敦

全剧在二十四小时内演出：星期二下午五时开幕。

次日下午一时半闭幕。

首演：伦敦詹姆斯大剧院，1892年2月22日

第一幕

卡尔登大街文德美爵士家的起居室。舞台上有中门、右门。右边书架上有书籍、文件。左边有沙发椅及小茶几。左边窗户开向平台。右边有小圆桌。文德美夫人正把玫瑰花插入右边桌上的蓝色花瓶中。

（派克上。）

派　　　　克　夫人今天下午会客吗？

文德美夫人　有什么客人来了？

派　　　　克　达灵顿爵士，夫人。

文德美夫人　（犹豫了一下。）请进，有客人来我都会见。

派　　　　克　是，夫人。（下。）

文德美夫人　我最好在天黑前见到他。真高兴他来了。

（派克又上。）

派　　　　克　达灵顿爵士。

达灵顿爵士　你好，文德美夫人。

文德美夫人　你好，达灵顿爵士。对不起，我的手插玫瑰弄湿了，不能握手。玫瑰花好看吧？这是今天早上从瑟白送来的。

达灵顿爵士　好看极了。（看见桌上的扇子。）多漂亮的扇子！我可以看看吗？

文德美夫人　看吧。很漂亮，是不是？上面还有我的名字，这就不错。我也是刚刚发现的，是我丈夫给我的生日礼物。你知道今天是我的生日吗？

达灵顿爵士　不知道。那太巧了。

文德美夫人　真巧，今天碰上我的生日。是我一生中十分重要的一天，不是吗？这就是我今天要开晚会的原因。请坐吧。（还在插花。）

达灵顿爵士　（坐下。）要是我早知道是你的生日就好了，我会把你门前的街道都铺上鲜花，让你在百花丛中增光添彩，百花都为你开放。

（短时沉寂。）

文德美夫人　达灵顿爵士，昨天你在外交部给我惹是非了。我怕你今夜又要给我添麻烦。

达灵顿爵士　我吗，文德美夫人？

（派克同仆人持茶具上。）

文德美夫人　放下来吧，派克。放在那里就行了。（从衣袋中取出手绢擦手，再走到茶几前坐下。）你能过来说话吗，达灵顿爵士？

（派克下。）

达灵顿爵士　（拉椅子过来。）我真是不走运，文德美夫人，你一定得告诉我：我到底有什么做得不对？（把椅子拉到桌前坐下。）

文德美夫人　你整个晚上都在说一些叫我吃不消的话。

达灵顿爵士　（微笑。）啊，这些日子我们大家都忙这忙那，唯一能讨人喜欢的事，就是说几句好听的话。

文德美夫人　（摇头。）不，我是说正经话。你不要笑，我的确是认真的。我不喜欢听恭维话，因为我不明白一个男人说上一大堆不是心里想说的话，怎么能讨女人的欢喜。

达灵顿爵士　啊，但我口里说的的确是心里想的。（喝她递过来的茶。）

文德美夫人　（认真地）我希望你不是认真说的，对不起，我的看法和你的不同。达灵顿爵士，我很喜欢你，这你知道。不过，如果我认为你和别的男人一样，我就不会喜欢你了。相信我，你比别的男人好，只是有时你装得比别人坏。

达灵顿爵士　我们都有一点虚荣心，文德美夫人。

文德美夫人　那你为什么要与众不同呢？（还坐在桌前不动。）

达灵顿爵士　（依然坐着。）啊，今天这么多自以为是的人在社会上东奔西走，装作好人，这只表明他们是在装模作样，只有这点好说了。如果你要装作好人，世界就会认真对你；如果你装坏人，那就完全不同了。所以盲目乐观是糊涂的。

文德美夫人　难道你不要世界对你好，达灵顿爵士？

达灵顿爵士　不要，我不要。什么人是全世界认为好的？都是你能想到的语言无味的人，上有大主教，下有小无赖。我希望你能非常认真地对待我，文德美夫人，你比我生活中见到的任何人都更认真。

文德美夫人　怎么——为什么是我？

达灵顿爵士　（稍微犹豫了一下。）因为我觉得我们可以做好朋友。让我们做好朋友吧。有朝一日，你会需要一个好朋友的。

文德美夫人　你为什么这样说？

达灵顿爵士　啊——我们总会有需要朋友的时候。

文德美夫人　我认为我们已经是好朋友了，达灵顿爵士。我们总是会要好的，只要你不——

达灵顿爵士　只要我不做什么？

文德美夫人　只要你不对我说些特别的傻话来破坏这种友好关系。我想，你会以为我是清教徒吧？不错，我身上有一些清教徒的精神。我是像个清教徒那样教养长大的，这也使我高兴。我幼年就失去了母亲。你知道，我从小就是跟着我的大姨茱莉亚长大的。她对我很严格，告诉我世人时常忘记的是非对错的界限。她不容许混淆是非。我也和她一样。

达灵顿爵士　我亲爱的文德美夫人！

文德美夫人　（仰身背靠沙发。）你觉得我落后于时代——不错，我是落后了！我并不想和这个落后的时代看齐。

达灵顿爵士　你认为这个时代不如人意？

文德美夫人　是的，今天的人似乎都把生活当作投机。生活不是投机，而是天赐良机。理想的生活就是爱情生活，纯洁的爱情却是牺牲自己。

达灵顿爵士　（微笑。）啊，什么事情也比牺牲自己好一点！

文德美夫人　（向前靠。）不要这样说。

达灵顿爵士　我就是这样说的，我知道事实就是这样。

（派克上。）

派　　　克　夫人，他们问今夜平台上要不要铺地毯？

文德美夫人　你看会下雨吗，达灵顿爵士？

达灵顿爵士　我不想听人说：你的生日还会下雨。

文德美夫人　那就要他们铺上地毯吧。

（派克下。）

达灵顿爵士　（依然坐着。）那么，你认为——当然我只是这样假设——你认为一对年轻的新婚夫妇，就说是结婚两年吧，假如丈夫忽然成了另外一个女人的亲密朋友，同她一起用餐，还可能为她买东西付账——你认为这个妻子会高兴吗？

文德美夫人　（皱眉。）会高兴吗？

达灵顿爵士　是的，我想她应该高兴——我看她也有权高兴。

文德美夫人　因为丈夫不走正路——妻子也该不走正路？

达灵顿爵士　不走正路说得太过分了，文德美夫人。

文德美夫人　是丈夫做得太过分了，达灵顿爵士。

达灵顿爵士　你知道，我也怕世上的好人做了不少坏事。当然，他们做的最大的坏事，就是使坏事显得特别重要。把人分成好人和坏人，这是荒谬的。一个人不是讨人喜欢，就是叫人厌恶。我是站在喜欢人这一边的，而你，文德美夫人，怎能不是讨人喜欢的呢？

文德美夫人　听我说，达灵顿爵士，（站起来走到爵士面前。）不要起来，我只是去把玫瑰花插好。（走到桌前。）

达灵顿爵士　（站起来移动椅子。）我也要说你对今天的生活要求太高了，文德美夫人。当然，我也承认今天的生活有很多不如人意的地方。比如说，今天大多数女人都太看重金钱了。

文德美夫人　不要谈这种人。

达灵顿爵士　那好，不谈那些钱迷心眼、让人讨厌的女人。你的确认为犯了一些俗人所谓的错误，就不应该得到原谅吗？

文德美夫人　（在桌子前面站了起来。）我认为她们不应该得到原谅。

达灵顿爵士　那男人呢？难道你认为对男人适用的规矩对女人就不适用了？

文德美夫人　那是当然的。

达灵顿爵士　我认为生活是一个太复杂的问题，不能用这种快刀斩乱麻的方法来解决。

文德美夫人　如果能用"快刀斩乱麻"，我们就会发现解决生活问题要容易得多了。

达灵顿爵士　难道没有例外？

文德美夫人　没有。

达灵顿爵士　啊，你是个多么迷人的清教徒，文德美夫人！

文德美夫人　你为什么要加一个多余的形容词，达灵顿爵士？

达灵顿爵士　我怎能不加呢？我什么都能抗拒，就是不能抗拒诱惑。

文德美夫人　这是当代人的通病。

（派克上。）

派　　　克　北维克公爵夫人，亚加莎·卡莉索小姐。

（北维克公爵夫人及亚加莎·卡莉索小姐上。）

（派克下。）

北维克公爵夫人　（走向舞台中心，握手问好。）亲爱的玛嘉莉，非常高兴见到你。你记得亚加莎吧，对不对？你好呀，达灵顿爵士！我不会让你认识我女儿的，你的心眼不好。

达灵顿爵士　不要这样说，公爵夫人。作为坏人，我完全是个失败者。为什么呢？因为不少人都说，我这一辈子没有干过什么真正的坏事。当然，这些话是他们背着我说的。

北维克公爵夫人　这多么可怕！亚加莎，这一位是达灵顿爵士。小心，不要相信他说的任何一句话。啊，不，我不要茶，谢谢你了，亲爱的。（走过去坐到沙发上。）我们刚在马克白夫人家用了茶，茶真不好，简直不堪入口。我一点也不觉得奇怪，那是她女婿送她的。亚加莎非常想来参加你今夜开的舞会，亲爱的玛嘉莉。

文德美夫人　（坐下。）啊，你千万不要把这当作一个正式的舞会，公爵夫人。这只是为了我过生日而开的一个跳舞晚会，一个早开早散的小舞会。

达灵顿爵士　（站起来说。）很小很小，早开早散，人也经过精挑细选，公爵夫人。

北维克公爵夫人　（坐沙发上。）当然人要精挑细选。不过，我们都知道，亲爱的玛嘉莉，你的家是个多么高级的家，全伦敦没有多少家我可以带亚加莎去参加舞会，而又无损于北维克家声誉的。我不知道社会如何变化，但是可怕的人似乎到处都有。他们可以参加各种集会，如果没有得到邀请，他们就会暴跳如雷。的确，应该有人来对付这班家伙。

文德美夫人　公爵夫人，我愿来对付这班人。我家的晚会上决不允许风吹草动。

达灵顿爵士　啊，不要这样说，文德美夫人。这样说，我就永远得不到邀请了。（坐下。）

北维克公爵夫人　啊，这不是说男人。女人可就不同了。我们是好人。至少，我们中有好人。但是，我们肯定会被人用胳膊挤到角落里去。我们的丈夫的确会忘记我们的存在，如果我们不时时刻刻唠唠叨叨，提醒他们我们完全有合法的权利对他们唠叨的。

达灵顿爵士　那就怪了，公爵夫人，结婚这种游戏——这可以说是一种游戏，已经进行得不合时宜了。——一切大牌都归妻子，却毫无例外地得不到丈夫这一张摆样的小牌。

北维克公爵夫人　是丈夫吗？难道丈夫是一张摆样的小牌，达灵顿爵士？

达灵顿爵士　这对当代的丈夫说来，倒是一个不错的称呼。

文德美夫人　达灵顿爵士在开玩笑了。

达灵顿爵士　啊，不要这样说，文德美夫人。

文德美夫人　你怎么把生活剪得这样琐碎？

达灵顿爵士　因为我觉得生活太重要了，不认真谈谈怎么行？

北维克公爵夫人　他这是什么意思？达灵顿爵士，请你原谅我的弱智，给我解释一下你的真实思想如何？

达灵顿爵士　（起立。）我看我最好闭嘴了，公爵夫人。今天，说话要人听懂，就得暴露自己。（出去。）再会吧，（和公爵夫人握手。）现在——（走到舞台上方。）文德美夫人，再见了。我今晚还会来，可以吗？让我来吧。

文德美夫人　（和达灵顿爵士站在舞台上方。）当然要来，但是不要再说傻话，言不由衷了。

达灵顿爵士　（微笑。）啊，你要开始改造我了。要改造任何人都是危险的，文德美夫人。（鞠躬退场。）

北维克公爵夫人　（也站起来。）多么可爱的坏家伙！我真喜欢他，但是他一走，我却很高兴。你看起来多么亲密可爱啊，你这袍子是哪里来的？不过，我现在要说你不爱听的话了，亲爱的玛嘉莉。（走过沙发，和文德美夫人坐一起。）亲爱的亚加莎！

亚加莎　（起立。）妈妈有什么吩咐？

北维克公爵夫人　你去看看我刚看过的照片本。

亚　加　莎　好的。（走去桌前。）

北维克公爵夫人　好女儿！她这样喜欢瑞士的风景照片。我看这是一种纯粹的乐趣。不过，我的确为你担心，玛嘉莉。

文德美夫人　（微笑。）为什么呢，公爵夫人？

北维克公爵夫人　啊，就是为了那个可怕的女人。她打扮得这样漂亮。更坏的是，她树立了一个坏榜样。奥古斯都——你知道，就是我那个名声不好的兄弟——对我们大家都是一个考验——就给她迷得昏头颠脑，引起了多少风言风语。这是一个社会上绝对不能接受的女人。多少女人都有不名誉的过去，但我听说她搞这种下流勾当至少有十多次，而且每次都是名副其实的。

文德美夫人　你说的是谁呀，公爵夫人？

北维克公爵夫人　就是艾琳夫人呀。

文德美夫人　艾琳夫人吗？我从来没有听说过这个名字，公爵夫人，她和我有什么关系呢？

北维克公爵夫人　我可怜的孩子！亲爱的亚加莎！

亚　加　莎　妈妈有什么事？

北维克公爵夫人　你到阳台上去看落日，好吗？

亚　加　莎　好的，妈妈。（走出阳台门。）

北维克公爵夫人　好乖的孩子！这么喜欢看落日的晚景！这说明

她的感情细腻，是不是？说到底，没有什么比大自然更美的了，你说是吗？

文德美夫人　有什么更美的呢，公爵夫人？你为什么要和我谈这些？

北维克公爵夫人　难道你真不知道？我敢说我们大家都为这事难过了。就在昨天晚上，在亲爱的杰生夫人家里，大家都说，在伦敦所有的人物当中，怎么偏偏是文德美爵士会做出这种事来？

文德美夫人　我的丈夫——他和这种女人会有什么关系？

北维克公爵夫人　啊，亲爱的，会有什么关系？问题就在这里。他不断地去拜访她，并且一拜访就是几个钟头，只要他一去，她就什么人都不见。并没有几个夫人会去拜访她啊。亲爱的，但她却有很多名声不好的男朋友，特别是我告诉过你的我那个兄弟，所以我就为文德美爵士担心了。我们是把他当作典型丈夫的啊，但我怕这有问题了。我有一些亲爱的侄女——你不会不知道，就是沙维尔家的妙龄少女——老老实实，老实得叫人吃惊，但是人又这样好，她们常在窗口谈论走来走去的人物，议论可怜人做出的可怜事。我认为在那些可怕的日子里，这话对那些穷人是有用的。而这个可怕的女人就在这条声名狼藉的街道上买了一栋房子，我真不知道怎么说好！她们告诉我，文德美爵士一个星期要到那里去四五次——这是她们亲眼看到的。她们也是无可奈何——虽然她们并不议论是非，但是，当然，她们还是逢人就说。最坏的是，她们告诉我这个女人从什么人手里捞到许多钱。因为她六个月前到伦敦来的时候，身上的钱并不值得一提，现在，她却买下了五月市场最漂亮的房屋，每天下午驾着她的马车在公园里溜达，而这一切——对，一切的一切——都是她认识了亲爱的可怜的文德美爵士之后才到手的啊。

文德美夫人 啊，我不相信。

北维克公爵夫人 但这是事实，我亲爱的。整个伦敦都知道了。所以，我觉得最好还是来告诉你，要文德美爵士立刻脱身到汉堡或艾克斯去，那里他可以吃喝玩乐，你也可以每天都看到他。我对你说实话，亲爱的，我婚后好几次都不得不装病，不得不喝我最不爱喝的矿泉水，只是要把北维克引出城市。虽然我不得不说明，他从来没有把大量的金钱送给任何人。在这一点上，他是有原则性的。

文德美夫人 （插话。）公爵夫人，公爵夫人，这怎么可能？

（站起来走过舞台中央。）我们结婚才两年，我们的孩子才刚满两个月呢。

北维克公爵夫人 可爱的小宝宝！这个小宝贝怎么样？是男孩还是女孩？我希望是个女儿——啊，不是，我记起来了，是个男孩！真对不起。男孩都坏。我的男孩特别不守规矩。简直难以相信，你说他晚上要几点钟才回家？而他离开牛津不过两个月呢！——我的确不知道他在牛津学到了什么。

文 德 美 夫 人 难道所有的男人都坏吗？

北维克公爵夫人 啊，男人都坏，亲爱的，男人都坏，没有一个例外。他们永远不会变好，只会越来越老，不会越来越好。

文 德 美 夫 人 文德美爵士和我却是相爱才结婚的。

北维克公爵夫人 对，我们开始也是那样。不过，北维克一开始就很粗野，威胁说不结婚他就要自杀，吓得我这才接受他的。但是，不到一年，他却看见穿裙子的就追，不管白人黑人、大小高矮肥瘦。的确，蜜月还没过完，我就发现他和女仆偷情，那女仆是个很好看、很规矩的女孩。我立刻二话不说，就把她开除了——不对，我记起来了，我把她给了我的妹妹，我可怜的妹夫是个近视眼。我以为他不会出事，但偏偏就出事了。——真倒霉！（站起来。）现在，亲爱的孩子，我得告辞了，我们要在外面晚餐，希望你不在乎文德美爵士这一点小小的越轨行为。不要把它放在心上，就让他在外面胡搞吧，他总会回到你身边来的。

文德美夫人　会回到我身边？

北维克公爵夫人　对，亲爱的，这些坏女人抢走了我们的丈夫，但是他们总会回来的。当然，你不可能没有损失。但是千万不要张扬出去，男人最怕出丑！

文德美夫人　多谢你了，公爵夫人，多谢你的指点，但是我不相信我的丈夫会欺骗我。

北维克公爵夫人　好孩子！我从前也像你这样。现在我知道了：所有的男人都是坏蛋。（文德美夫人摇铃。）唯一可做的事就是把坏蛋喂饱。一个好厨师会创造奇迹，而我知道你有本钱。亲爱的玛嘉莉，你不会要哭吧？

文德美夫人　这你不必担心，公爵夫人，我不会哭的。

北维克公爵夫人　那就好，亲爱的。哭是一般女人的避难所，对漂亮女人却是有弊无利。亲爱的亚加莎！

亚加莎　（上。）来了，妈妈。

北维克公爵夫人　来和文德美夫人告别，谢谢她让你来拜访。（对文德美夫人）顺便说一句，谢谢你给霍泊先生的邀请卡，他就是现在大家关注的澳大利亚有钱的年轻人。他父亲卖罐头发了财——罐头当然可口——但仆人都不想吃。儿子却很有趣。我猜他看中了亚加莎的伶牙俐齿。我舍不得女儿，但母女不分手未必有感情。我们今晚还会来。（派克开舞台中门。）记住我的话，把可怜的丈夫带到城外去，这是唯一的办法。再一次告别了。来吧，亚加莎！

（公爵夫人同亚加莎小姐下。）

文德美夫人　多可怕！我现在才明白达灵顿爵士为什么要提到一对结婚不到两年的夫妻了。他谈到为这个女人花了很多钱。我知道亚瑟的银行存款本在哪里——在书桌的抽屉里。我可以找到证据。一定要找到。（打开抽屉。）不对，可能是一场误会。无聊的谣传。他爱我！他是爱我的！但为什么不查一查呢？我是他的妻子，我有权查一查。（回到书桌前。拿出账本，一页一页检查，微笑着叹了一口气。）我知道，这是个胡编的故事，没有什么可以相信的。（把账本放回抽屉里，忽然惊讶地发现了一个新账本。）还有另外的账本——还有保密的！（要翻新账本却翻不开。看见桌上有裁纸刀。裁开封面看第一页。）“艾琳夫人——六百镑——艾琳夫人——七百镑——艾琳夫人——四百镑。”啊！这是真的！这是真的！真可怕！（把账本丢在地上。）

（文德美爵士上。）

文德美爵士　你好，亲爱的，扇子有没有送到家里来？（看到地上的账本。）玛嘉莉，你怎么打开了我的银行存款本？你没有权利做这种事情。

文德美夫人　你认为我发现了你的错误是不对的吗？

文德美爵士　我认为妻子不应该打听丈夫所做的事。

文德美夫人　不是我要打听。半个钟头之前，我根本不知道这个女人的存在。有人可怜我，好心好意告诉我全伦敦都知道的事情——你每天都去五月市场大街胡作非为，在那个声名狼藉的女人身上花了多少金钱！

文德美爵士　玛嘉莉！不要这样说艾琳夫人，你不知道这样说是多么不对！

文德美夫人　（转身对文德美。）你这样爱护艾琳夫人的名声，怎么一点也不爱护我？

文德美爵士　这并没有损害你的名声呀，玛嘉莉。你不会以为——（把账本放进书桌内。）

文德美夫人　我看你的钱花得很奇怪。真是奇怪。啊，不要以为我在乎钱。对我说来，你可以浪费你所有的一切。但是，我在乎的是你爱过我，你告诉过我要怎样爱你。但你怎么能把给予的爱情变成用钱买来的爱情？啊，这真可怕！（坐到沙发上。）感到难过的是我，你并不感到难过。我感到受了侮辱，大大地受了侮辱，而你却不知道，现在，这六个月对我是多么难受——你的每一个吻都染上了毒素。

文德美爵士　（走过去对她说。）不要这样说，玛嘉莉。在世界上除你之外，我没有爱过任何人。

文德美夫人　（站起来。）那么，那个女人是什么人？你为什么要给她买房子？

文德美爵士　我没有给她买房子。

文德美夫人　你花了钱，她得到了房子，这不是一回事吗？

文德美爵士　玛嘉莉，就我所知的艾琳夫人——

文德美夫人　有没有一位艾琳先生？——或者只是传说中有？

文德美爵士　她的丈夫几年前就死了。她在世上孤零零的。

文德美夫人　没有亲人？（等候回答。）

文德美爵士　没有。

文德美夫人　这就怪了，不是吗？

文德美爵士　玛嘉莉，我本来要告诉你——你听我说——就我所知的艾琳夫人，她是很规矩的。只是在几年前——

文德美夫人　啊，我要知道她生活的详细情况。

文德美爵士　我不能告诉你细节——只能简单说——她过去是受人尊敬爱戴的，出身好，有地位——但她失去了一切——你也可以说是她放弃了一切。这就使一切都困难了。一个人能忍受坏运气——那是外来的。但是忍受一个人自己的错误——啊！——那是对生命的打击，并且是二十年前的事了。那时她还不过是个少女。她做妻子时比你还年轻呢。

文德美夫人　我对她不感兴趣——你不要把她和我相提并论。怎么能同日而语呢？（在桌前坐下。）

文德美爵士　玛嘉莉，你可以帮帮这位夫人。她要回到社会上来，并且需要你帮忙。（走到她面前。）

文德美夫人　需要我？

文德美爵士　是的，需要你。

文德美夫人　她把自己看成什么人了！（两人不说话。）

文德美爵士　玛嘉莉，我要求你帮一个大忙，虽然你已经知道了一件我不想让你知道的事，你发现我给了艾琳夫人一大笔钱。我还要你邀请她来参加今天的晚会呢。

文德美夫人　你疯了吗？（站了起来。）

文德美爵士　我求你了。关于她的事，人家可以说长道短。自然，那只好随人说去，其实，他们并说不出什么认真反对她的理由。她去过许多人家——虽然不是你要去的那些家庭，这点我也承认，但还是今天社会上的女人都去的社交场合。不过，这点对她还不够满足。她要你也邀请她一次。

文德美夫人　我看，那是表示她取得的胜利啰？

文德美爵士　不是，因为她知道你是一个好女人——只要她能得到一次邀请，她就可以得到更有保证、更加幸福的生活。她并不要求对你做进一步的认识。你不能帮一个要求恢复社会地位的女人吗？

文德美夫人　不行！如果一个女人真要改过自新，她不会想回到那个毁了她或者看着她堕落的社会。

文德美爵士　我求你了。

文德美夫人　（走到门前。）我要去换晚装了，今晚不要再谈这事。亚瑟，（走过他身边。）你以为我父母不在世就好欺负吗？你错了，我还有朋友，好多朋友呢。

文德美爵士　玛嘉莉，你在说傻话，你随便乱说。我不和你争，不过，我认为你今晚一定要请艾琳夫人。

文德美夫人　我怎能做这种事？

文德美爵士　你不请吗？

文德美夫人　绝对不请。

文德美爵士　啊，玛嘉莉，看在我的分上，请她一次吧。这是她最后的机会了。

文德美夫人 那和我有什么关系？

文德美爵士 好女人也这么难对付！

文德美夫人 坏男人又多么软弱啊！

文德美爵士 玛嘉莉，我们男人好的也配不上和我们结婚的女人——这是真的——不过，你不会以为我真会——啊，这种想法怎么说得出口？

文德美夫人 你和别的男人又有什么不同？我听说，伦敦几乎没有一个丈夫不为可耻的恋情而浪费生命。

文德美爵士 但我就是一个。

文德美夫人 那我怎能肯定？

文德美爵士 你心里是肯定的，但是不要使我们分歧的裂痕一道一道加深了。天晓得最后几分钟的分歧是怎样扩大的。坐下来写请帖吧。

文德美夫人 世界上没有什么能使我动笔的。

文德美爵士 （走到书桌前。）那我就自己写吧。（按电铃，坐下写请帖。）

文德美夫人 你要请这个女人？（过来走到他身边。）

文德美爵士 是的。

（两人无言相对；派克上。）

派克！

派克 爵士有什么吩咐？

文德美爵士 你把请帖送到苦踪街84号艾琳夫人那里去。

（走过去把请帖交给派克。）不要回信。

（派克下。）

文德美夫人　亚瑟，如果这个女人来了，我可要当面给她难堪。

文德美爵士　玛嘉莉，不要这样。

文德美夫人　我有我的主意。

文德美爵士　小姑娘，你要当真这样，全伦敦没有一个女人会同情你。

文德美夫人　全伦敦没有一个好女人不会拍手叫好的。我们以前太马虎了。这次一定不能放松。我看就从今夜开始吧。（拿起扇子。）好，你今天送我这把扇子做生日礼物。只要这个女人跨过我的门槛，我就要用扇子打她的脸。

文德美爵士　玛嘉莉，你怎能做这种事呢！

文德美夫人　你还不知道我哩！

（派克上。）

派克！

派　　克　夫人有什么吩咐？

文德美夫人　我要在我房里晚餐。那就是说，我不去餐厅了。在十点半钟前，要把一切都准备好。还有，派克，今晚到的客人，姓名一定要报清楚，有时你说得太快，我就会听漏了。我今晚特别要听清楚，免得遗漏。你明白吗，派克？

派　　克　明白，夫人。

文德美夫人　行了！

（派克下。）

（对文德美爵士说）亚瑟，如果那个女人来了，我警告你——

文德美爵士　玛嘉莉，你要毁了我们了！

文德美夫人　我们！从现在起，我的生命和你的生命就分开了。如果你要避免丑闻公开，那就立刻通知这个女人，说我不要她来！

文德美爵士　那怎么行！——我不能那样做——一定要让她来！

文德美夫人　那我怎么说就会怎么做。你使我没有选择的余地了。（下。）

文德美爵士　（追着叫她。）玛嘉莉！玛嘉莉！（没有回答。）天呀！怎么办呢？我不敢告诉她这个女人是谁。侮辱她就会要了她的命。（倒在椅子上，把脸埋在胳膊之间。）

（第一幕完）

第二幕

文德美爵士家的客厅。一门通往舞厅，乐队正在奏乐。一门有客进入。一门通往灯光明亮的平台。棕榈迎面，花枝招展。客人云聚客厅。文德美夫人正在接待宾客。

北维克公爵夫人　真奇怪，文德美爵士怎么不在场？霍泊先生也迟到了。亚加莎，你要和他跳五次舞呢。

亚　加　莎　是的，妈妈。

北维克公爵夫人　（坐沙发上。）让我看看你的舞卡。我很高兴，文德美夫人又恢复用舞卡了。——母亲有了舞卡，女儿就有舞伴了。你这张可爱的小卡片！（划掉卡片上的两个名字。）没有哪个好姑娘会和这些特别年轻的小伙子跳华尔兹舞的！它旋转得太快了。最后的两个舞，你可以同霍泊先生到平台上去跳。

（登比先生和普林达夫人从舞厅进来。）

亚　加　莎　好，妈妈。

北维克公爵夫人　（摇扇。）空气很好。

派　　　　克　考珀·考珀夫人到。斯达菲夫人到。詹姆斯·罗斯登爵士到。吉·伯克莱先生到。

（客人进入客厅。）

登比先生　晚上好，斯达菲夫人。我以为这是本季度最后的节日舞会了。

斯达菲夫人　我看也是，登比先生。这是个愉快的季节，是不是？

登比先生　十分愉快！晚上好，公爵夫人。我以为这是本季度最后的节日舞会了。

北维克公爵夫人　我看也是，登比先生。这是个沉闷的季节，是不是？

登比先生　非常沉闷！非常沉闷！

考珀夫人　晚上好，登比先生。我看这是本季度最后的节日舞会了。

登比先生　啊，我看恐怕不是。也许还有两个舞会呢。（走回到普林达夫人身边。）

派　　　　克　拉富德先生到。杰布格夫人和格拉汉小姐到。霍泊先生到。

（客人进入客厅。）

霍泊先生　你好，文德美夫人。你好，公爵夫人。（向亚加莎小姐鞠躬。）

北维克公爵夫人　亲爱的霍泊先生，你怎么来得这么早呀？我们大家都知道你在伦敦忙些什么。

霍泊先生　伦敦是个大地方，不像悉尼那样容不下人。

北维克公爵夫人　啊，我们知道你的价值，霍泊先生。我们希望多有几个像你这样的人，那生活就更容易了。你知道吗？霍泊先生，亲爱的亚加莎和我都对澳大利亚很感兴趣。这么多小袋鼠飞来飞去多好看啊。亚加莎是在地图上发现的。地形就像一个百宝箱。然而这却是一个非常年轻的国家，是不是？

霍泊先生　它不是和别的国家一样成为国家的么？

北维克公爵夫人　你多么聪明，霍泊先生，你的聪明是独出心裁的。不过我不想耽误你的时间了。

霍泊先生　我倒想请亚加莎小姐跳个舞呢，公爵夫人。

北维克公爵夫人　那好，我想她有一场舞伴没定，是不是，亚加莎？

亚加莎　是的，妈妈。

北维克公爵夫人　就是下一场吗？

亚加莎　是的，妈妈。

霍泊先生　那我可以请你跳舞吗？

（亚加莎鞠躬表示同意。）

北维克公爵夫人　你要照顾好我这个小小的话匣子，霍泊先生。

（亚加莎小姐同霍泊先生同去舞厅。）

（文德美爵士上。）

文德美爵士　玛嘉莉，我有话要对你说。

文德美夫人　等一等。

（舞厅音乐暂停。）

派　　　克　奥古斯都勋爵到。

（奥古斯都勋爵上。）

奥古斯都勋爵　晚上好，文德美夫人。

北维克公爵夫人　詹姆斯爵士，你能陪我去舞厅吗？奥古斯都今晚和我们一同晚餐，陪我们已经陪够了。

（詹姆斯·罗斯顿爵士挽公爵夫人臂进入舞厅。）

派　　　克　亚瑟·波顿先生同夫人到。皮斯莱爵士同夫人到。

（客人夫妇同上。）

奥古斯都勋爵　（走到文德美爵士面前。）我要特别和你说几句话，好朋友。我已经瘦得像个影子了。你要知道，我看起来并不是个影子。我们男人没有一个看得出我们的真相。这是该死的好事。我要知道的是：这个女人是什么人？她是从哪里来的？为什么她连一个该死的亲戚都没有？真是讨厌得要死的亲戚！但是亲戚却能使人得到讨厌的尊敬。

文德美爵士　我看你谈的是艾琳夫人吧？我只是六个月前才见到她——在那以前，我并不知道有这么一个人的存在。

奥古斯都勋爵　六个月后，你知道得却太多了。

文德美爵士　（冷冷地）是的，六个月后，我就见得多了。不过也就是见到而已。

奥古斯都勋爵　天哪，女人对她却都没有好话。我今天和雅贝娜一同晚餐！老天在上，你应该听听雅贝娜对艾琳夫人说了些什么。简直说得她体无完肤——（旁白）北维克和我告诉她：这并不能伤她一根汗毛，因为她的身材简直是无懈可击。你应该听听雅贝娜怎样说她的——不过，瞧，好朋友，我不知道怎么说艾琳夫人才好。天呀，我可能和她结婚；她却对我满不在乎。她聪明得像魔鬼！什么都说得头头是道。天呀！她会分析，会对你做大量的分析，分析得头头是道——而且人人不同。

文德美爵士　我和艾琳夫人的关系是用不着解释的。

奥古斯都勋爵　哼，那好，你瞧，亲爱的老家伙，你认为她会加入这个该死的社会吗？你会把她介绍给你的夫人吗？不要转弯抹角、枉费工夫了。你会这样干吗？

文德美爵士　艾琳夫人今晚会来。

奥古斯都勋爵　你的夫人给了她请帖？

文德美爵士　艾琳夫人得到了请帖。

奥古斯都勋爵　那她是个正派人，好兄弟。你为什么不早告诉我？那就可以免掉我很多麻烦和该死的顾虑了。

（亚加莎小姐和霍泊先生走向平台。）

派　　　　克　西西尔·格拉汉先生到。

（西西尔·格拉汉先生上。）

格拉汉先生　（向文德美夫人鞠躬，走向文德美爵士，和他握手。）

晚上好，亚瑟。你怎么不向我问好？我喜欢有人问我好不好，那表示对我的健康广泛的关心。不过今夜我觉得不舒服。刚同我一家人晚餐。你奇怪为什么一家人最讨厌？我父亲餐后喜欢大谈道德。我说他这么大年纪应该懂事。但我的经验却是：人越老越糊涂。哈啰，托比，听说你又要结婚了。我还以为你结婚结累了呢。

奥古斯都勋爵　你太多管闲事了，老伙计，太多管闲事了。

格拉汉先生　说来说去，托比，你到底是哪种？是结婚两次，离婚一次，还是离婚两次，结婚一次？哪种更可能？

奥古斯都勋爵　我的记性不好。我的确不记得是哪一种。（走开。）

普林达夫人　文德美爵士，我有个问题要问你。

文德美爵士　对不起，我要找我的夫人呢。

普林达夫人　啊，你做梦也不要想这种事。在今天，一个丈夫要在公共场合注意自己的妻子，那是最危险不过的事。那会使人想到他在家里一定会打老婆。这个世界老是胡思乱想，老把正常的幸福生活看歪了。等到晚餐时我再跟你说吧。（走向舞厅。）

文德美爵士　玛嘉莉，我有话一定要和你说。

文德美夫人　（走向达灵顿。）达灵顿爵士，请你拿一下我的扇子好吗？谢谢。

文德美爵士　（向夫人走去。）玛嘉莉，你在晚餐前说的话当然是做不到的。

文德美夫人　那个女人今晚不能到这里来。

文德美爵士　艾琳夫人就要来了。要是你做出任何讨厌她或者伤害她的事，那对我们两个人都会带来耻辱和痛苦。千万要记住！啊，玛嘉莉，相信我吧。妻子怎能不相信丈夫呢！

文德美夫人　在伦敦，相信丈夫的妻子多的是。一眼就可以看出来，她们看起来多不快活。我可不想做这种女人。（走向达灵顿。）达灵顿爵士，请把扇子给我好吗？谢谢。扇子很有用，是不是？——我今夜需要一个朋友，达灵顿爵士；没想到这么快就需要。

达灵顿爵士　文德美夫人，我知道你会用得着我的，也没想到是今天。

文德美爵士　我会告诉她的。我一定要告诉她。如果会出事，那可糟了。

派　克　艾琳夫人到！

（文德美爵士吃了一惊。艾琳夫人艳装上场。文德美夫人接过扇子，让扇子落在地上，冷冷地向艾琳夫人弯了弯腰。艾琳夫人却笑脸相迎，飘然进入客厅。）

达灵顿爵士　你的扇子掉地上了，文德美夫人。

（捡起扇子给她。）

艾琳夫人　再次问好，文德美爵士。你的夫人多美啊，真是个画中人！

文德美爵士　（低声）你怎么这样匆匆来了！

艾琳夫人　（微笑。）这是我一生中做得最聪明的事。你今晚一定要好好看着我，我怕这些女人。你要把我介绍给几个女客。男客我会应付。你好，奥古斯都勋爵？你近来怎么对我冷淡了？从昨天起，我就没有再见到你。我怕你又失信了。大家都这样说呢。

奥古斯都勋爵　的确，艾琳夫人，请容许我现在解释一下。

艾琳夫人　用不着了，亲爱的奥古斯都勋爵。你也解释不清楚，而这正是你讨人喜欢的地方。

奥古斯都勋爵　啊，如果这能讨你喜欢。艾琳夫人——

（他们谈话。文德美爵士不安地走来走去，看着艾琳夫人。）

达灵顿爵士 （对文德美夫人）你怎么脸白了？

文德美夫人 胆战心惊，脸就变白。

达灵顿爵士 你要晕倒了，到阳台上去吧！

文德美夫人 好。

（对派克）把我的外套拿来。

艾琳夫人 （走向文德美夫人。）文德美夫人，你的阳台真是不夜天啊！它使我想起了罗马多丽雅王宫。

（文德美夫人冷冷地弯了弯腰，和达灵顿爵士携手同下。）

啊，你好，格拉汉先生？那不是你的姑妈杰布格夫人吗？我多么高兴认识她啊。

格拉汉先生 （犹豫了一下，勉强地答道。）啊，当然可以。卡洛琳姑妈，请允许我引见艾琳夫人。

艾琳夫人 见到你真高兴，杰布格夫人。（坐到沙发上杰布格夫人身旁。）你的侄子格拉汉和我是好朋友。我对他的政治事业很感兴趣。我相信他一定会取得很大的成功。他的思想像激进派，但是谈话却像保守派，而这在今天是很重要的。他的谈话有说服力，不过，我们大家都知道他这是从哪里学来的。亚朗达爵士就是昨天还在这个公园里对我说：格拉汉先生的谈吐很像他的姑妈。

杰布格夫人　谢谢你们对我说这些好听的话。

（艾琳夫人微笑，继续谈她的话。）

登比先生　（对格拉汉）你有没有把艾琳夫人介绍给杰布格夫人？

格拉汉先生　怎能不介绍呢，亲爱的伙伴？这是不得已。这个女人简直可以说是无所不为，但是我怎能知道她是怎么搞的？

登比先生　但愿她不会要我说话。（慢慢向艾琳夫人走去。）

艾琳夫人　（对杰布格夫人）星期四吗？非常高兴去。（站起来笑着对文德美爵士说。）对这些老太婆说客套话真讨厌。但是她总逼得你非应酬几句不可。

普林达夫人　（对登比）那个穿得漂漂亮亮和文德美爵士谈话的女人是谁？

登比先生　一点也不知道！看起来像一本特别为英国市场准备的法国下流小说的精装本。

艾琳夫人　可怜的登比先生，在普林达夫人看来会是这样的吗？我听说她对他妒忌得很厉害。他今晚似乎并不急于和我谈话，我看他是怕她。这些稻草女人脾气很可怕。你知道吗，文德美爵士？我想先和你跳个舞。（文德美爵士咬咬嘴唇，皱皱眉头。）那会使奥古斯都爵士妒忌的。奥古斯都爵士！（奥古斯都爵士往下走。）文德美爵士一定要我和他先跳。这是在他家里，我怎好拒绝呢？你知道，其实，我是想和你跳的。

奥古斯都勋爵　（弯腰鞠躬。）我希望我也是这样想的，艾琳夫人。

艾 琳 夫 人　你知道得很清楚，在我心中，和你跳一辈子舞也不会觉得累的。

奥古斯都勋爵　（把手放在背心上。）啊，谢谢，谢谢，你是女人中最讨人喜欢的。

艾 琳 夫 人　你说得多好听！这样简单而又诚恳！正是我爱听的话。好，你来主持我的宴会。（扶着文德美爵士的手臂走向舞厅。）啊，登比先生，你好？真对不起，你最近三次来访我都不在家。请星期五来午餐吧。

登 比 先 生　（满不在乎）那太好了！

（普林达夫人对登比先生怒目而视。奥古斯都手捧一束鲜花，随同艾琳夫人及文德美爵士进入舞厅。）

普 林 达 夫 人　（对登比）你怎么成了一个百分之百的野人了！我简直不能相信你说的任何一句话。你为什么对我说你不认识她？那你一连去看她三次是什么意思？你不能去她家午餐，你当然知道为什么。

登比先生　亲爱的萝拉，我做梦也没有想到要去呀。

普林达夫人　你还没有告诉我她的名字呢！她是谁？

登比先生　（轻轻咳了一声，摸摸头发。）她叫什么艾琳夫人。

普林达夫人　这个女人！

登比先生　大家都说她是这个女人。

普林达夫人　多有趣！非常有趣！我的确要好好看她一眼。（去舞厅门口张望。）我听见最吓人的消息了。他们说她在毁了可怜的文德美爵士。而文德美夫人这样正派的女人居然请了她来！这多么有趣！一个彻底的好女人居然会做彻底的傻事。你星期五会去午餐吗？

登比先生　为什么要去？

普林达夫人　因为我要你把我丈夫带去。他近来这样关心女人，简直成了个累赘。而这个女人恰好可以挽救他。他会陪她跳舞，跳得她兴尽为止，那就不会再麻烦我了。我敢说这种女人非常有用，她们构成了别人婚姻的基础。

登比先生　你是一个多么妙不可言的神秘人物！

普林达夫人　我希望你也是一个。

登比先生　我也是的。——但只是对我自己而言。我是这世界上唯一让我彻底了解自己的人，但偏偏是现在，我不想有这种机会。

（他们走进舞厅。文德美夫人同达灵顿爵士从阳台上回到客厅。）

文德美夫人　对，对，她到这里来真讨厌透了，简直令人无法接受。我现在才知道你今天饮茶时的意图。为什么你那时不直截了当对我说个清楚？你早该说明白啦。

达灵顿爵士　我不能说。一个男人怎能谈别的男人的私事！不过，要是我早知道他会要你今晚请她到这里来，我看我会告诉你的。无论如何，不能让你受这种侮辱。

文德美夫人　我没请她来。是他不顾我的反对，坚持要她来的。啊，她污染了我的家！我觉得她和我的丈夫跳舞时，每个女人都在讥笑我。我做错了什么事要得到这种报应呢？我把生命给了他，他接受了，利用了，滥用了！我在自己眼里都贬值了。但我没有勇气，我是一个懦夫！（坐沙发上。）

达灵顿爵士　如果我还算知道你的人，我认为你不能再和一个这样对待你的男人生活在一起了！你要和他在一起过怎么样的生活？你会感到他生活中的每时每刻都在对你说谎。你会感到他的眼神是虚伪的，他的声音是虚伪的，他的接触是虚伪的，他的感情是虚伪的。他和别的女人玩厌倦了会来找你；那时你得会安慰他。当他迷恋别人的时候来找你，你要会迷住他。你要会做他生活的假面具，会做隐瞒他内心秘密的外套。

文德美夫人　你说对了——正确得令人害怕。但是我该怎么办呢？你说你愿意做我的朋友，达灵顿爵士——告诉我应该怎么办？现在是我需要朋友的时候了。

达灵顿爵士　男女之间不可能有友谊。只有热情、仇恨、崇拜、爱情，但是没有友情。我是爱你的啊。

文德美夫人　不，不。（站起。）

达灵顿爵士　对，我爱你！你对我超过了世界上的一切。你的丈夫给了你什么？什么也没有。他所有的一切都给了那个坏女人，他把她挤进了你的社交圈、你的家庭，要当众羞辱你。我献给你的却是我的生命。

文德美夫人　达灵顿爵士！

达灵顿爵士　我的生命——我整个的生命。拿去吧，随你怎么处置！——我爱你——爱什么也不像爱你这样。从我见到你的那一刻，我就爱上了你，盲目地爱，如醉如狂地爱！那时你不知道，现在你知道了！今夜就离开这个家吧。我不必告诉你：我不在乎别人说什么，不管全世界、全社会说什么。他们的话很重要，但是有时一个人要选择到底是完全过自己的生活——还是拖拖拉拉混过粗制滥造、不够格的日子？现在到时间了。你选择吧，啊，我亲爱的，选择吧。

文德美夫人　（慢慢走开，惊慌地瞧着他。）我没有勇气。

达灵顿爵士　（跟随在后。）不，你有勇气。也许要过六个月痛苦的日子，甚至不名誉的日子，但等到你不需要用文德美爵士而要用我的姓时，一切都会好转。玛嘉莉，我的爱人，我未来的妻子——对，我的妻子，你知道！你现在是什么人？那个女人占了应该属于你的位子。啊，走吧——离开这个家，抬起头来，嘴唇含着笑容，眼睛露出勇气。全伦敦都会知道你为什么这样做，谁会责备你？没有人会。即使有，那又有什么关系？你错了吗？谁错了？一个男人为了一个可耻的女人抛弃了妻子，那才可耻。妻子还跟着一个使她丢脸的丈夫，那才可耻。你说过，你对错误不会妥协。现在，你就不要妥协。拿出勇气来！恢复你的自我！

文德美夫人　我不敢恢复自我了。等我想想。我要等等！我的丈夫也许会回心转意的。（坐沙发上。）

达灵顿爵士　你还要他回心转意！那你就不是我想象中的你了。你只是一个和别的女人一样的女人。你什么都愿意忍受，不敢面对社会的责难，而又瞧不起社会的赞赏。过了一个星期，你就会和这个女人坐在一辆车上，一同游公园了。她会成为你家中的常客——你最亲密的朋友。你什么都愿意忍受，只是不愿一下打断这个枷锁。你做得对。你没有勇气，一点也没有。

文德美夫人　啊，给我时间，让我好好想想。我现在不能回答你。（紧张地把手按住额头。）

达灵顿爵士　现在不做决定，时间就太晚了。

文德美夫人　（从沙发上站起来。）那就宁可太晚吧。（沉默片刻。）

达灵顿爵士　你要我心碎了！

文德美夫人　我的心已经碎了。（沉默片刻。）

达灵顿爵士　明天我要离开英国。这是我最后看着你的时刻了。你不会再见到我。这一片刻我们在生活中相逢——我们的心灵交锋了。它们不会再见，不会重逢了。别了，玛嘉莉。（下。）

文德美夫人　我的生活多孤独啊，简直孤独得可怕！

（舞厅音乐停止。公爵夫人同皮斯莱爵士笑谈而上。其他舞客离开舞厅。）

北维克公爵夫人　亲爱的玛嘉莉，我刚和艾琳夫人谈得非常高兴。真对不起，今天下午我对你说了些什么对她不好的话。当然，既然你邀请她，这就说明她是个好人。她非常可爱，对人生有亲身的体会。她告诉我：她对重婚的人感到非常失望，使我觉得可怜的奥古斯都是不会失误的。难以想象的是，为什么有人要说她的坏话。就是我那些喜欢说长道短的侄女。还有，我要到汉堡去了，亲爱的，我的确该去。她实在是太吸引人了。我的亚加莎呢？啊，她来了。（*亚加莎同霍泊从阳台进来。*）霍泊先生，我要生气了。你怎么把亚加莎带到阳台上去了？她还是这么幼稚娇润呢。

霍 泊 先 生　非常对不起，公爵夫人，我们只是去谈了一会儿。

北维克公爵夫人　啊，是谈澳大利亚吗？我猜想是吧。

霍 泊 先 生　是的。

北维克公爵夫人　亲爱的亚加莎。（*招呼她过来。*）

亚　加　莎　是的，妈妈。

北维克公爵夫人　（*旁白*）霍泊先生肯定——

亚　加　莎　是的，妈妈。

北维克公爵夫人　你怎么回答他的，好孩子？

亚　加　莎　是的，妈妈。

北维克公爵夫人　（亲热地）亲爱的，你总是说得不错，霍泊先生，詹姆斯！亚加莎什么都说了。你们两个都会保守秘密，多聪明啊！

霍 泊 先 生　那么，你不在乎我把亚加莎带到澳大利亚去，公爵夫人？

北维克公爵夫人　（恼火地）到澳大利亚去？啊，不要提那个无聊的可怕的地方了。

霍 泊 先 生　不过，她说她愿意和我同去。

北维克公爵夫人　（认真地）你说了吗，亚加莎？

亚　加　莎　是的，妈妈。

北维克公爵夫人　亚加莎，你说得再愚蠢也没有了。我认为整个说来，伦敦的广场还是个可以居住的地方。虽然有很多无所事事的人住在伦敦，但是说来说去，总没有可怕的袋鼠挤在一起吧。这个我们明天再谈。詹姆斯，你可以把亚加莎带走了。你们当然要来吃午餐。詹姆斯，一点半来，不要等到两点。公爵希望和你说几句话，我可以告诉你。

霍 泊 先 生　我当然希望听听公爵的话，公爵夫人。他至今还没有对我说过一句话呢。

北维克公爵夫人　我看，他明天会有很多话要对你说的。（亚加莎同霍泊下。）现在，再见了，玛嘉莉。我怕又是老话重提，亲爱的。爱情——不过，不是一见钟情，而是日久见人心，那是更能令人心满意足的。

文德美夫人 再见，公爵夫人。

（公爵夫人与皮斯莱爵士并肩下。）

普林达夫人 亲爱的玛嘉莉，你丈夫的舞伴多帅啊！如果我是你，我都要妒忌了！他是你的好朋友吗？

文德美夫人 不是。

普林达夫人 真的吗？那就祝你晚上好了，亲爱的人儿。

（瞧瞧登比先生后下。）

登比先生 霍泊这个年轻人的风度真可怕！

格拉汉先生 霍泊是个自然主义派，他的派头真吓人。

登比先生 文德美夫人真是多情善感。多少夫人都会反对邀请艾琳夫人的，她却有不寻常的常识！

格拉汉先生 而文德美爵士却把破坏规矩不当作一回事。

登比先生 不错，亲爱的文德美爵士成了识时务的现代派。

（向文德美夫人鞠躬后下。）

杰布格夫人 晚上好，文德美夫人。艾琳夫人多么迷人啊！她星期四要来午餐，你能来吗？主教和亲爱的摩顿夫人都会来呢。

文德美夫人 我怕有事，不能来了，杰布格夫人。

杰布格夫人 那真遗憾。走吧，亲爱的。

（杰布格夫人同格拉汉小姐下。）

（艾琳夫人同文德美爵士上。）

艾 琳 夫 人 真迷人的舞会！使我想起了当年！（坐沙发上。）舞会上的傻瓜和当年一样多。什么都没有变，真令人高兴。只有玛嘉莉更漂亮了。我上次见她——那是二十年前了。她穿的法兰绒令人惊奇，的确惊人。亲爱的公爵夫人和可爱的亚加莎小姐正是我喜欢的那类典型。如果我成了公爵夫人的亲人——

文 德 美 爵 士 你是吗？——

（格拉汉先生和其他客人下。文德美夫人高傲而又痛苦地瞧着艾琳夫人和她的丈夫。他们却似乎没有意识到她的存在。）

艾 琳 夫 人 啊，是的！他明天十二点钟会来拜访。他本来提出今晚来。的确，他提出了。他不断地提出，可怜的奥古斯都。你知道他是怎么翻来覆去纠缠的。多坏的习惯！不过，我告诉了他：在明天以前，我是不会回答他的。当然，我会接受他。我会使他有一个人人说好的妻子，妻子也只能做到这样了。奥古斯都勋爵身上也有很多优点。幸亏这些优点都是显而易见的。真正的优点就应该这样。当然，在这方面，你也可以帮我增加认识。

文 德 美 爵 士 我看，这并不是要我去鼓励奥古斯都勋爵吧？

艾琳夫人　啊，当然不是！要鼓励我自己会。不过，你可以帮我漂亮地解决问题。文德美爵士，能帮这个忙吗？

文德美爵士　（皱皱眉。）这就是你今晚要和我说的话吗？

艾琳夫人　是的。

文德美爵士　（做个不耐烦的手势。）我不能在这里谈这个问题。

艾琳夫人　（笑。）那我们就到阳台上去谈。好事要有一个如画的好背景。是不是？背景好，女人什么都能做。

文德美爵士　明天谈不行吗？

艾琳夫人　不行，明天我就要接受他了。我想，如果我能告诉他我会——看怎样说好呢？——说有个第三代的亲戚——或者第二任丈夫——或者这一类的远亲——给我留下了一年两千镑的遗产。那会是个额外的诱惑，是不是？那你就会有个可喜的机会来对我说恭维话了，文德美爵士。不过，你不是会恭维别人的聪明人。我怕玛嘉莉也不会鼓励你有这个好习惯，那是她的一个大错误。不过说真的，一个人不说讨人喜欢的好话，那就是放弃了讨人欢喜的想法。说正经的，你看两千镑怎么样？也许是两千五百镑，在当代生活中得到最大的限量是顶顶重要的。文德美爵士，你不认为这个世界是个非常有趣的地方吗？我看是的。

（同文德美爵士走上阳台。舞厅奏乐。）

文德美夫人　不可能再待在这个家里了。今夜，一个爱我的人要把他的整个生命都献给我，我却拒绝接受，真傻！现在，我要把我的生命献给他，全都给他。我要去找他。（穿上外套，坐在桌前写信，把信放入信封，留在桌上。）亚瑟从来不理解我，读了信就会明白了。他现在愿意怎样过这一生就怎样过吧。我已经选定了最好的一条路。是他撕毁了婚约，不是我。我只是挣脱了枷锁。（下。）

（派克上，走向舞厅。艾琳夫人上。）

艾琳夫人　文德美夫人在舞厅吗？

派克　夫人刚刚出去。

艾琳夫人　出去了？是去阳台上吗？

派克　不是，夫人。文德美夫人刚出门。

艾琳夫人　（吃了一惊，脸上露出迷惑不解的神色，瞧着仆人。）

出门了？

派克　是的，夫人。——文德美夫人对我说：她给爵士留了信，信在桌上。

艾琳夫人　给爵士留的信?

派克　是的，夫人。

艾琳夫人　谢谢。

（派克下。舞厅音乐停止。）

离开她的家！留信给丈夫！（走到书桌前，看见信在桌上，拿起信来又放下，耸了耸肩，有点害怕。）不，不，这不可能！生活的悲剧不会这样重演。啊，为什么这个可怕的想法会一闪而过？为什么偏偏是现在，我想起了一生中最想遗忘的那一片刻？难道生活中的悲剧真会重演？（撕开信封读信，读后倒在椅子上，露出了焦急的姿态。）啊，多么可怕！正是二十年前我写给她父亲的言语！为此我受了多么可怕的处罚！不，对我的处罚，真正的处罚，是在今夜，就是现在！

（文德美爵士上。）

文德美爵士　你和我的夫人告别了吗?

艾琳夫人　（把信揉成一团。）告别了。

文德美爵士　她到哪里去了?

艾琳夫人　她很累。她去睡了。她说她头痛。

文德美爵士　我要去找她。好不好?

艾琳夫人　（匆匆站起来。）啊，不要去！头痛不要紧。她只是太累了，就是太累了。再说，餐厅还有人呢。她要你去代她向他们道歉。她说她不要人打扰。（信落地上。）她要我告诉你。

文德美爵士　（捡起信来。）你掉东西了。

艾琳夫人　啊，真的，谢谢你。那是我的信。（伸出手来拿信。）

文德美爵士　（瞧着信。）是我妻子的手迹，是不是？

艾琳夫人　（赶快拿过信来。）是的——只是些客套话。你去给我叫车来，好不好？

文德美爵士　当然好。（下。）

艾琳夫人　谢谢。我该怎么办？应该怎么办？我感到从来没有感觉过的热情又涌上心头了。这意味着什么？女儿怎么能走母亲的老路？——那实在太可怕了。我怎么能挽救她？怎么能挽救我的孩子呢？片刻可能就会毁掉一生。这点有谁知道得比我还更清楚？一定要文德美爵士离开这个家；这是绝对必要的。但我怎能做得到呢？无论怎样也要做到。啊！

（奥古斯都勋爵手捧一束花上。）

奥古斯都勋爵　亲爱的夫人！我真等得不耐烦了！你不能早一点对我的请求做出回答吗？

艾琳夫人　奥古斯都勋爵，你听我说。你一定要马上把文德美爵士带到你的俱乐部去，并且尽可能不要让他离开。听明白了吗？

奥古斯都勋爵　但你不是说了要我遵守时间的吗？

艾　琳　夫　人　（紧张地）现在我说什么，你就去做什么。我说什么，你就去做什么。

奥古斯都勋爵　那我的报酬呢？

艾　琳　夫　人　你的报酬？你的报酬？啊！明天再问我吧。今夜你不许让文德美爵士离开你的眼前。假如他离开了你眼前，我就不再理你了，就和你再也没有关系了。记住：你要把文德美爵士留在你的俱乐部，今夜不要让他回家。（下。）

奥古斯都勋爵　那好，的确，我可能已经是她的丈夫了，的确可能已经是了。（莫名其妙地跟着她走。）

（第二幕完）

第三幕

达灵顿爵士家。右边壁炉前有大沙发。舞台后方窗帘拉上。左右有门。右边桌上摆着文具。中间桌上有虹吸饮水器、玻璃杯、酒柜架。左边桌上有雪茄烟和纸烟盒。灯光明亮。

文德美夫人　（站在壁炉前。）他怎么还不来？等待真叫人着急。他应该在这里呀。怎么还没有来用热情的字眼唤醒我心中的情火呢？我已经心寒了，冷得像无情的草木。亚瑟这时该看到我的信了。如果他还在乎我，应该会来追我，强迫我回家去。但是他不在乎。他给这个女人绊住了脚——迷住了魂——管住了身心。如果一个女人要管住一个男人，那就要抓住他最大的弱点。我们把男人当神，他们就会离开我们。有的女人把他们当猪狗，他们只皱皱眉头就乖乖听话了。生活多讨厌啊！——我到这里来是不是发疯了，简直疯得吓人。不过，更坏的是，我想，是听任一个爱你的男人摆布，或是做一个使自己在家里丢脸的妻子，哪一个更糟呢？世界上有哪个女人说得出来？但是，我要把生命给他的男人，他会一直爱我吗？我又能给他什么呢？失去了欢乐的嘴唇，给泪水浸瞎了的眼睛，冰凉的手和寒冷的心？我什么也不能给他。我还是回家去好。——不行，我不能回去，我的信已经在他手中了——亚瑟不会接受我回家的！这封要命的信！不行！达灵顿爵士明天就要离开英国。我要和他同走。——我没有选择的余地。（坐下片刻，又站起来，穿上外套。）不行，不行。我还是要回家去。随亚瑟怎么处置我吧。我不能待在这里了。到这里来真是发了疯。我一定要立刻就走。至于达灵顿爵士——啊，他要来了！我怎么办？怎么对他说？他会让我走吗？听人说男人都是狠心的、可怕的……啊！（用手掩脸。）

（艾琳夫人上。）

艾琳夫人　文德美夫人！（文德美夫人吃了一惊，抬头一看，傲慢地向后避开。）谢天谢地，我来得正是时候。你一定得立刻回你丈夫家里去。

文德美夫人　一定得去？

艾琳夫人　（命令似的）对，一定得去！一秒钟也不能耽误。文德美爵士随时可能回家。

文德美夫人　不要走到我身边来！

艾琳夫人　啊，你这是要毁了自己，你已经走到悬崖的边上了。你必须立刻离开这个地方，我的马车就在街角等你。你一定得同我立刻赶回家去。

（文德美夫人脱下外套，抛到沙发上。）

你这是干什么？

文德美夫人　艾琳夫人——如果你没有来，我本来是要回家去的。但是现在我一见到你，我反而觉得全世界没有什么能使我和文德美爵士在同一个屋顶下共同生活了。你使我感到害怕。你身上有什么东西会激起我内心最疯狂的愤怒。我不知道你为什么要到这里来。是我的丈夫要你来引诱我盲目地回到我和他从前的生活中去吗？

艾琳夫人　啊！你怎么会这样想？

文德美夫人　回到我丈夫身边去，艾琳夫人。他属于你而不属于我。我认为他害怕流言蜚语。男人总是懦夫。他们敢于违犯法律，却害怕世人的口舌。但他们要做好准备，丑闻总是免不了的。他恐怕要在伦敦听几年风风雨雨了。他会看到他的名字出现在肮脏的报纸上，我也会挂上臭名昭著的招牌。

艾琳夫人　不，不会。

文德美夫人　他会的。假如他自己来，我承认，我也许会回去过你和他为我准备的堕落生活。——我本来正打算回去——要他留在家里，要你去散播你们的丑闻——啊，真是丑闻——丑闻。

艾 琳 夫 人　文德美夫人，你冤枉我了——你也冤枉了你的丈夫。他并不知道你在这里。——他以为你安安稳稳地待在自己的家里。他以为你正在你的卧室里睡大觉呢。他根本就没有读到你发了疯似的写给他的那封信！

文德美夫人　没读那封信？

艾 琳 夫 人　没有——他不知道信里说了什么。

文德美夫人　你把我看得太简单了！（向她走过去。）你在对我说谎。

艾 琳 夫 人　（克制自己。）我没有说谎，我是和你说实话。

文德美夫人　如果我丈夫没读我的信，你怎么会到这里来？谁告诉你我离开家的？如果不是你厚颜无耻到我家来，我会离开家吗？谁告诉你我到哪里去了？难道不是我丈夫叫你来骗我回去的吗？

艾 琳 夫 人　你的丈夫没有读你的信。是我——是我先看见信，并且——读了信的。

文德美夫人　（转过头来对艾琳夫人说。）你居然敢拆开我给我丈夫的信！

艾 琳 夫 人　我敢！啊！为了免得你陷入深渊，世界上没有什么事我不敢做，全世界都没有。信就在这里。

你的丈夫根本没有看信。他也永远不该看到。（走到壁炉前。）这封信根本就不该写。（把信撕碎投入火中。）

文德美夫人　（语气和态度都非常傲慢。）我怎么知道那是我的信呢？你似乎认为你的小聪明就可以叫我上大当了！

艾琳夫人　啊！怎么我告诉你的，你都不信？你以为我来这里，如果不是为了免得你犯大错，还有什么其他目的吗？那封烧掉的信就是你写的，我对你发誓。

文德美夫人　（慢慢地）你很小心，不等我再看一遍就把信烧了。我怎能相信你说的话呢？你整个一生都在说谎，怎么可能会对我说什么真话？（坐下。）

艾琳夫人　（急忙说。）关于我，你愿意怎么想就怎么想，愿意说什么坏话就说什么坏话，但是你一定要回家去，回到你所爱的丈夫身边去。

文德美夫人　（突然）我已经不爱他了！

艾琳夫人　你还是爱他的，你知道他也爱你。

文德美夫人　他不懂什么是爱。他懂得的爱不比你多。——不过我看得出来你要做什么。你要我回去，因为那对你有利。老天呀！回去了我会过什么生活！去听任一个既不怜悯又不同情的女人随意摆布，碰到这种女人真是倒霉，认识她也会失格，一个坏女人，拆散人家丈夫和妻子的女人！

艾琳夫人　（做出失望的手势。）文德美夫人，文德美夫人，不要说这种狠话。你不知道说这种话多么可怕，多么可怕而又多么不公平。你听我说，你一定要听！只要你回到你丈夫那里去，我答应你，我永远不再找任何借口和他联系——永远不再见到他，永远不再和他的生活或你的生活发生任何关系。他给我的钱，并不是因为他爱我，而是因为他恨我，不是表示爱戴，而是说明瞧我不起。我对他掌握的——

文德美夫人　（站起。）啊！你承认你掌握了他！

艾琳夫人　是的，我可以告诉你我掌握了什么。我掌握了的，是他对你的爱情，文德美夫人。

文德美夫人　你想要我相信你吗？

艾琳夫人　你一定要相信！这是真的。是他对你的爱情使他不得不——啊！随你怎么说吧，不得不强硬、恐吓，其实是他对你的爱。他要免得你受伤害——免得你羞愧、丢脸。

文德美夫人　你这是什么意思？你这样自以为是！我和你有什么关系？

艾琳夫人　（谦虚地）没有什么关系。我知道——不过我要告诉你：你的丈夫是爱你的——你这一辈子再也不会得到这种爱情。——再也不会碰到这种爱人了——而这却是你自己抛弃的，总有一天，你会渴望爱情而得不到，祈求爱情而遭到拒绝的。——啊！但亚瑟却是真心爱你的！

文德美夫人　亚瑟吗？你能说你们之间没有什么关系吗？

艾琳夫人　文德美夫人，老天在上，你的丈夫没有做任何对不起你的事！而我呢——我可以对你说：如果我想到这个可怕的猜疑会进入你的心灵，我是宁死也不愿介入你的生活，也不愿介入他的生活的——啊！的确，是宁死也不愿！（走向沙发。）

文德美夫人　你说话似乎有颗好心，像你这样的女人会有吗？好心不是你的。你的心是买得到的。（坐下。）

艾琳夫人　（吃了一惊，做了一个痛苦的手势，然后控制自己。走到文德美夫人坐的地方。她说话时，向文德美夫人伸出双手，但是不敢碰她。）关于我这个人，你爱怎么想就怎么想吧。我不值得别人为我担忧。但是不要为了我的缘故而浪费你们美好的青春。你不知道等待着你的是什么，除非你立刻离开这里。你不知道被人轻视，嘲笑，诽谤，讥讽，处在倒霉的地位，被人抛弃，到处吃闭门羹，在歪门邪道上爬行，时时刻刻提心吊胆，怕人把你脸上的假面具揭掉，时时刻刻听到讥笑，听到这个世界可怕的讥笑，那是比全世界流过的眼泪都更大的悲剧。你不知道那是什么滋味。一个人要为自己的罪过付出代价，一生都在还债。你当然不知道这些。至于我呢，如果痛苦就是还债，那么到目前为止，我已经还清了我所有的债务，不管债务多重，因为今晚你使一个没有心灵的人有了心灵，你制造了一颗心，又把它打碎了。那就算了吧。我可能毁了我自己的一生，但我不能让你也毁了你的一生。你——怎么？你还是个孩子呢，你就要迷路了。你没有女人回头是岸的那种头脑。你既没有那种聪明，也没有那种勇气。你经不起人家诽谤你的名誉！不！回去吧，文德美夫人，回到那个你爱而又爱你的丈夫身边去吧。你还有个孩子，文德美夫人，回到你的孩子身边去。那个孩子即使现在，无论是痛苦还是欢乐，都在呼唤你呢。（文德美夫人站起来。）上帝给了你这个孩子，他要求你给他过好生活，要你好好照顾他。如果你毁了他的一生，你怎能回答上帝呢？回到你家里去吧，文德美夫人。——你的丈夫爱的是你！他片刻也没有辜负你对他的爱情。即使他有一千个爱人，你也不能离开你的孩子。即使他对你粗暴，你也应该和你的孩子在一起。即使他虐待你，你也应该和你的孩子在一起。甚至即使他抛弃你，你的位置还是和你的孩子在一起。

（文德美夫人抱头痛哭。）

（艾琳夫人冲过去。）

文德美夫人　（无可奈何的孩子似的双手抱头。）送我回家去，送我回家去。

艾琳夫人　（要去拥抱她，后又控制自己，脸上露出无比的欢乐。）来吧！你的外套放哪里了？（看见沙发上的外套。）在这里。穿上吧，快回去！（她们走向门口。）

文德美夫人　等一等！你没有听见声音吗？

艾琳夫人　没有，没有，没有声音呀！

文德美夫人　有人声。你听！啊！是我丈夫的声音！他要进来了。啊！这是个诡计！是你要他来的。

（外有人声。）

艾琳夫人　不要说话！我会保护你的，只要我做得到，但是我怕时间已经晚了，到那里去！（指着拉上的窗帘。）那是第一个你可以溜出去的地方，希望你运气好！

文德美夫人　那你呢？

艾琳夫人　啊！不要管我，我会对付他们。

（文德美夫人藏窗帘后。）

奥古斯都勋爵　（在外。）胡说，亲爱的文德美爵士，你一定不许离开我！

艾琳夫人　奥古斯都勋爵！那是我搞错了。（思考一下，然后四处一看，看见了门，就走出门去。）

（达灵顿爵士、登比先生、文德美爵士、奥古斯都勋爵和西西尔·格拉汉先生上。）

登比先生　真是胡闹！这个时候把我们赶出了俱乐部！还只两点钟呢。（在椅子上坐下。）夜里的好事才刚刚开场。（打个哈欠就闭上眼睛。）

文德美爵士　的确，真对不起，达灵顿爵士，你答应奥古斯都勉强我们来和你做伴，但是我怕不能待得太久了。

达灵顿爵士　真的吗？那我可对不起了！抽一支雪茄吧，好不好？

文德美爵士　谢谢。（坐下。）

奥古斯都勋爵　（对文德美）我的好兄弟，你做梦也休想溜走。我有好多话要和你谈，那都是重要得和性命差不多的。（和他坐在桌子两边。）

格拉汉先生　啊，我们都知道是什么事。托比除了艾琳夫人，还有什么可谈的呢？

文德美爵士　那好，那是你们的事，对不对，西西尔？

格拉汉先生　不对！这正是我感兴趣的事。我自己的事总使我麻烦得要死。所以我喜欢管别人的闲事。

达灵顿爵士　你们要喝什么？西西尔，你要喝威士忌加苏打？

格拉汉先生　谢谢。（同达灵顿走向酒桌。）艾琳夫人今夜看起来很漂亮，是不是？

达灵顿爵士　我并没有拜倒在她裙下。

格拉汉先生　我过去并不在乎她，可现在却在乎了。为什么？她的确要我介绍她给亲爱的卡洛琳姑妈。我看她也要去赴午宴了。

达灵顿爵士　（吃了一惊。）不会吧？

格拉汉先生　的确会。

达灵顿爵士　对不起你们大伙儿，我明天要离开了，现在还有几封信要写。（走去写字台前坐下。）

登比先生　艾琳夫人真是个聪明的女人。

格拉汉先生　喂，登比先生，你是不是睡着了？

登比先生　不错，我老打瞌睡！

奥古斯都勋爵　多聪明的女人。知道我有多傻，知道得一清二楚。

（格拉汉笑着向他走来。）

你可以笑，老弟，不过碰到一个钻进你肚皮的女人可是一件大事。

登比先生　既可怕又危险，最后还要结婚。

格拉汉先生　但是我以为，托比，你永远不会再见到她了。对，你昨天晚上在俱乐部还这样对我说呢。你说你听到——

（对他耳语。）

奥古斯都勋爵　啊，她解释了。

格拉汉先生　还有维巴登事件？

奥古斯都勋爵　她也解释了。

登比先生　还有她的收入呢，托比？她也解释了吗？

奥古斯都勋爵　（非常认真的声音）她明天也会解释的。

登比先生　今天的女人会做生意，真可怕。我们的祖母把帽子丢在磨盘上，但是，天呀！她们的孙女却要磨盘会给她们磨出狂风暴雨来。

奥古斯都勋爵　你要把她磨炼成一个坏女人吗？但她不是。

格拉汉先生　啊！坏女人讨厌。好女人麻烦。这是她们之间的唯一区别。

奥古斯都勋爵　（吐出一口雪茄烟。）艾琳夫人大有前途。

登比先生　艾琳夫人只有历史。

奥古斯都勋爵　我喜欢有历史的女人。她们这些该死的女人谈起话来也有趣得要死。

格拉汉先生　那好，你和她大有话题可谈了，托比。（站起来向他走去。）

奥古斯都勋爵　你也变得越来越讨厌了，亲爱的老弟；你也越来越讨厌得要死了。

格拉汉先生　（把手放在奥古斯都勋爵肩上。）现在，托比，你失去了你的外形，又失去了你的内心，那就只剩下你的脾气了，可不能再丢掉啊。

奥古斯都勋爵　亲爱的老弟，如果我过去不是脾气最好的伦敦人？

格拉汉先生　那我们就会更尊敬你了。难道我们不会吗？托比——

（慢慢走开。）

登比先生　今天的年轻人真是怪。他们简直不尊重染黑了头发的白头人。

（奥古斯都勋爵生气地看看周围。）

格拉汉先生　艾琳夫人非常尊敬亲爱的托比。

登比先生　那艾琳夫人就为她的同性人树立了一个好榜样。今天绝大多数女人对待不是她们丈夫的男子汉是非常野蛮的。

文德美爵士　登比先生，你真可笑，而西西尔，你让你的舌头胡说八道。你们一定要让艾琳夫人自由自在一点。你们并不真正了解她，却老是对她说三道四，造谣生事。

格拉汉先生　（向他走来。）亲爱的亚瑟，我从来没有造谣生事，只不过是说些闲言碎语而已。

文德美爵士　造谣生事和闲言碎语又有什么不同？

格拉汉先生　啊！闲言碎语很有趣味。历史其实也不过是闲言碎语而已。但道德上的闲言碎语成了谣言就不同了。我不是在传道说教。传道说教的男人多是伪君子，女人更显然是。但全世界的女人没有不信教的。这一点女人都知道，我很高兴。

奥古斯都勋爵　这正是我的感想，好兄弟，这正是我的感想。

格拉汉先生　对不起，托比；别人一同意我，我总觉得那我一定是错了。

奥古斯都勋爵　我的好老弟，在像你这样年轻的时候，我也是这样想的。

格拉汉先生　但是，你从来就没有年轻过，托比，我敢说，你永远也不会年轻的。达灵顿爵士，我们来玩牌吧。你也来玩，亚瑟，好不好？

文德美爵士　不，谢谢你，西西尔。

登比先生　（叹了一口气。）结婚真害死人！就像抽烟一样害人，而且还要贵得多。

格拉汉先生　你当然来玩牌啰，托比？

奥古斯都勋爵　（给自己倒一杯白兰地加苏打水，放在桌上。）不行，好兄弟。我答应了艾琳夫人，再也不玩牌喝酒了。

格拉汉先生　亲爱的托比，你怎么走上道德的歪门邪道了。一经改造，你就太讨厌了。这是女人的鬼把戏。她们总要我们做好人。等到我们变好了，她们再碰到我们，却又一点也不爱我们了。她们喜欢我们坏得无可救药，让我们去做毫不可爱的好人。

达灵顿爵士　（从写信的桌前站了起来。）她们总要找我们的错！

登比先生　我并不认为我们错了。我看大家都是好人，只有托比除外。

达灵顿爵士　不，我们都在污水沟里，有些人却只抬头看天上的星星。（在桌前坐下。）

登比先生　我们都在污水沟里，有些人却只抬头看天上的星星。在我看来，达灵顿爵士，你今夜是太浪漫了一点吧。

格拉汉先生　太浪漫了！你一定是在恋爱吧。女的是谁呀？

达灵顿爵士　我爱的女人可不是自由身，至少她自己认为她不是。

（说时本然地瞧了文德美爵士一眼。）

格拉汉先生　那就是结了婚的女人啰。很好，世界上没有什么事比得上对已婚女人专情的。没有一个结了婚的男人理解这一点。

达灵顿爵士　啊！但是她并不爱我。这真是一个好女人。她是我这一辈子见过的唯一的好女人。

格拉汉先生　你这一辈子从来没见过的好女人？

达灵顿爵士　对！

格拉汉先生　（点着手里的香烟。）那你这家伙真走运。怎么说呢？我见过上百个好女人，我似乎碰到的都是好女人。世界上的好女人似乎成了堆。要了解她们，只要受过中等教育就够了。

达灵顿爵士　这个女人既纯洁又清白，我们男人失去了的优点，她都有。

格拉汉先生　好家伙，我们男人要是纯洁无知，那在世界上能做什么呢？还不如一个仔细剪出来的纽扣洞有用啊。

登比先生　那她并不真正爱你？

达灵顿爵士　对，他不爱我！

登比先生　我祝贺你，我亲爱的伙计。在这个世界上只有两个悲剧：一个是没有得到你想要得到的，另一个就是得到了。那简直是一场流血的悲剧！不过，我感兴趣的是听到她并不爱你。对一个不爱你的女人，你能爱多久呢，西西尔？

格拉汉先生　一个不爱我的女人吗？啊，我会爱她一辈子。

登比先生　我也会的。但是很难碰到一个。

达灵顿爵士　你怎么能这样自高自大，登比先生？

登比先生　我并没有说这是个自高自大的问题。我只是说，这是一件后悔莫及的事情。有人疯狂地爱慕过我。真对不起，事实就是如此。那真是一个大得了不得的错误。我希望随时都有考虑的时间。

奥古斯都勋爵　（向周围看一看。）我看时间会给你教训的。

登比先生　不，时间会把我学到的东西忘记得一干二净。那更重要得多，亲爱的托比。

（奥古斯都勋爵坐立不安地在椅子上转来转去。）

达灵顿爵士　你这样说一套做一套的人真要命！

格拉汉先生　怎么是说一套做一套？（靠在沙发椅背上。）

达灵顿爵士　一个只知道价钱而不知道价值的人。

格拉汉先生　一个感情用事的人，我亲爱的达灵顿爵士，看什么都只看到荒谬的价值，而不知道实际的市场价格。

达灵顿爵士　你说得真有趣，西西尔。你说起话来好像很有经验似的。

格拉汉先生　难道我没有吗？（走到壁炉前。）

达灵顿爵士　那你可太年轻了。

格拉汉先生　那你可大错而特错了。经验是本能对生活的看法。那我可有的是。而托比却没有。他反而把他的错误说成是经验了。

（奥古斯都勋爵狠狠地向周围看了看。）

登比先生　经验是每个人给他的错误所取的名字。

格拉汉先生　（背朝壁炉站了起来。）一个人不应该犯任何错误。（看见了文德美夫人留在沙发上的扇子。）

登比先生　生活中没有错误，那可真没趣味。

格拉汉先生　当然你对你爱上的女人是十分忠实的。达灵顿爵士，是不是只对这个好女人？

达灵顿爵士　西西尔，如果一个人真正爱上了一个女人，世界上别的女人对他说来都会是毫无意义的。爱情会改变一个人——我就是改变了。

格拉汉先生　真要命！多有趣！托比，我要和你说句话。（奥古斯都勋爵没有注意。）

登比先生　告诉托比是没有用的。你还不如去对墙壁说话呢。

格拉汉先生　我就是喜欢对墙壁说话——那是世界上唯一不会对我说反话的人物！托比！

奥古斯都勋爵　那算什么？那算什么？（站起来走向格拉汉。）

格拉汉先生　来吧。我特别要对你说：（旁白）达灵顿爵士在谈情说教呢。其实他房里随时都藏着女人。

奥古斯都勋爵　不见得吧，难道是真的！是真的！

格拉汉先生　（低声说。）当然是真的。这里有她的扇子。（指扇子。）

奥古斯都勋爵　（咯咯笑。）天呀！天呀！

文德美爵士　（走到门口。）我现在的确得走了，达灵顿爵士。对不起，你这么快就要离开英国。回来时请到我们家来，我妻子和我都欢迎你！

达灵顿爵士　（在舞台上方对文德美说。）我怕要去几年了。再见！

格拉汉先生　亚瑟！

文德美爵士　什么事？

格拉汉先生　我要和你说句话。不，你过来吧。

文德美爵士　（穿上外套。）不行。我要走了。

格拉汉先生　这对你特别重要。你会特别感兴趣的。

文德美爵士　（微笑。）又是你的浪漫史吧，西西尔？

格拉汉先生　不是，的确不是。

奥古斯都勋爵　（走过来。）我的好伙伴，你还不能走。我有好多话要跟你讲。西西尔还有重要事等着告诉你呢。

文德美爵士　（走过来。）那好，什么事呀？

格拉汉先生　达灵顿爵士房里藏了一个女人，这就是她的扇子。有趣吧，是不是？（没人说话。）

文德美爵士　老天呀！（抓起扇子。登比站起。）

格拉汉先生　出了什么事？

文德美爵士　达灵顿爵士！

达灵顿爵士　（转过身来。）什么事？

文德美爵士　我妻子的扇子怎么会到你的房子里来了？西西尔，不要动手。不要碰扇子。

达灵顿爵士　你妻子的扇子？

文德美爵士　对，这不是吗？

达灵顿爵士　（走向文德美。）我也不知道呀。

文德美爵士　你怎能不知道？我要你解释原因。（对格拉汉）不要抓我的手，你这傻瓜。

达灵顿爵士　（旁白）她到底来了！

文德美爵士　说呀，老兄！我妻子的扇子怎么会在这里？回答我呀！天哪！我要搜搜你的房间，如果这是我妻子的扇子，我可——

达灵顿爵士 你不能搜我的房间，你没有权。我不答应！

文德美爵士 你这流氓！我要搜你房间的每个角落。窗帘后面怎么动起来了？（冲向窗帘。）

艾琳夫人 （上。）文德美爵士！

文德美爵士 艾琳夫人！

（大家都吃惊地转过身来，文德美夫人趁机溜出客厅。）

艾琳夫人 我怕是我今晚离开你家时，错把你夫人的扇子当作我的拿来了。真对不起。（把扇子拿去。文德美轻视地瞧她一眼；达灵顿又惊又气。奥古斯都勋爵转过脸去。其余的人相视微笑。）

（第三幕完）

第四幕

景同第一幕。

文德美夫人　（躺沙发上。）我怎么对他说呢？不能告诉他。那可要了我的命。真奇怪：自我离开这间可怕的房子之后，出了什么事了？也许她告诉了他们：她到那里去的真正原因，那把要命的扇子是我的，啊，要是他知道了——我怎有脸对他说话？啊，他决不会原谅我的。（不小心碰到电铃。）一个人总以为自己不怕受到诱惑，不会犯罪，不会糊涂。然而，忽然一下——啊，生活真可怕。是生活摆布我们，不是我们摆布生活。（萝莎莉上。）

萝莎莉　夫人是不是按铃叫我？

文德美夫人　是的，你知道文德美爵士昨天晚上什么时候回家的吗？

萝莎莉　爵士先生直到早上五点钟才回家。

文德美夫人　五点钟？他今天早上敲了我的门吗？

萝　莎　莉　是的，夫人——大约九点半钟。我告诉他夫人还没醒呢。

文德美夫人　他说了什么没有？

萝　莎　莉　说到夫人的扇子。我抓不准爵士先生说话的意思。是不是扇子丢了？我找不到。派克也说哪间房里都没有扇子。他哪间房都查了一下，甚至阳台上也去了。

文德美夫人　那不要紧。告诉派克不要麻烦，就算了吧。

（萝莎莉下。）

文德美夫人　（站起。）她一定告诉他了。我可以想象得到：一个人做出了惊人的自我牺牲，做的时候自觉自愿，满不在乎，非常高尚——后来却发现代价太高。她为什么要考虑到底是应该毁了她自己，还是毁了我呢？——多么奇怪！我本来应该在我自己家里当众羞辱她。她却公然在别人家里接受大家的侮辱来挽救我。这正是阴阳颠倒，黑白不分，是对我们说的好坏女人的绝妙讽刺了。啊，这是多好的教训！而在生活中，我们得到的教训却对我们没有什么用处！因为即使她不说，我也不能不说。啊，真可耻，真可耻！说出来就是从头到尾在生活中再实现一遍。行动是生活中的第一悲剧，语言是第二悲剧，而语言也许是最可悲的。因为语言是无情的。——啊！

（文德美爵士上，文德美夫人吃了一惊。）

文德美爵士　（吻文德美夫人。）玛嘉莉，你怎么脸色苍白了？

文德美夫人　我睡得不好。

文德美爵士　（和她同坐沙发上。）真对不起。我回家太晚了，晚得该挨骂，不敢惊醒你。你怎么哭了，亲爱的？

文德美夫人　是的，我哭了，因为我有话要对你说，亚瑟。

文德美爵士　我亲爱的小宝贝，你不舒服吧？你的事太多了。我们到野外去吧。你到瑟白去就好了。热闹的季节快要过完。不必待在这里。累坏了我的卿卿！如果你愿意，我们今天就走。（站起。）我们可以赶上三点四十分的车。我去打个电报给芳浓。（走过去在写字台前坐下。写电报稿。）

文德美夫人　好的，我们今天就走。不行，我不能走，亚瑟。我离城前一定要见一个人，这个人对我太好了。

文德美爵士　（站起来走近沙发，低身问道。）对你太好了？

文德美夫人　还不只是好呢。（站起来走到他身边。）我要告诉你，亚瑟，只要你爱我，就像过去一样爱我。

文德美爵士　像过去一样。你不是想说昨天来的那个坏女人吧？（绕沙发走到她身边坐下。）你不会还以为——不，你当然不会。

文德美夫人　我不会。我现在才知道我错了，我真傻。

文德美爵士　你昨天接见她很好——不过，你不会再见到她了。

文德美夫人　你为什么这样说？（两人相对无言。）

文德美爵士　（握住她的手。）玛嘉莉，我本来以为艾琳夫人是受了罪而不是犯了罪，像人家说的那样。我想她要做一个好人，恢复她因为一时糊涂犯下错误而失掉的地位，她要再过正常的生活。我本来相信她告诉我的话——现在才知道我错了。她是个坏女人——说有多坏就有多坏。

文德美夫人　亚瑟，亚瑟，不要把任何女人说得这样坏。我现在认为，人并不是生来就分好坏两种、一成不变的。所谓的好女人也可能做出可怕的坏事，疯狂地忘乎所以，武断肯定，妒忌甚至犯罪。所谓的坏女人也有她们的悲哀和苦衷，悔悟和同情，甚至会做出牺牲。而我并不认为艾琳夫人是一个坏女人——我知道她不是。

文德美爵士　我亲爱的小宝贝，这不可能。不管她想怎样害我们，你都不能再看到她了。

文德美夫人　但是我要见她。我要她到我们家里来。

文德美爵士　不行。

文德美夫人　她上次到我们家里来是你的客人。这次我要她来是作为我的客人。这不是很公平的吗？

文德美爵士　她本来就不该来的。

文德美夫人　（站起。）你现在说已经太晚了，亚瑟。（起身要走。）

文德美爵士　（站起。）玛嘉莉，要是你知道昨天晚上艾琳夫人离开我们家后去了哪里，你就不会愿意和她再坐在同一间房里了。这整个事情真是无耻到了极点。

文德美夫人　亚瑟，我不能听你再说下去了。我必须告诉你：昨天晚上——

（派克持盘子上，盘中有文德美夫人的扇子和一张卡片。）

派　　克　艾琳夫人昨天晚上错把爵士夫人的扇子当作自己的带走，现在送回，并送上卡片，以致歉意。

文德美夫人　啊，请向艾琳夫人的善举表示谢意。（读卡片。）并请告她：非常欢迎她光临。

（派克下。）

她要见我，亚瑟。

文德美爵士　（拿起卡片一看。）玛嘉莉，我请你不要见她。至少要让我先和她谈谈。她是一个危险的女人。是我所知道的最危险的女人了。你不知道你在做什么事情。

文德美夫人　我要见她是名正言顺的。

文德美爵士　我的亲人，你已经站在错误的边缘上了。不要再向前走。让我在你之前见她，这是绝对需要的。

文德美夫人　有这个需要吗？

（派克上。）

派　　克　艾琳夫人到。

（艾琳夫人上。派克下。）

艾琳夫人　你好，文德美夫人。（对文德美爵士）你好。文德美夫人，你知道吗？我感到非常抱歉，错拿了你的扇子。我很难想象怎么会犯下这样愚蠢的错误，真是糊涂透顶。在我开车经过你家的时候，我想我应该当面把你的扇子奉还，并且对我的粗心大意表示歉意，还要来和你说再见了。

文德美夫人　再见吗？（和艾琳夫人一同走向沙发，并肩坐下。）那么，你要离开了吗，艾琳夫人？

艾琳夫人　是的，我又要到国外去了。英国的气候，我不太能够适应。我的——心脏在这里会受到影响，这对我不太好。我喜欢到南方去。伦敦的雾太严重——人也太严肃了，文德美爵士。到底是雾影响了人，还是人影响了雾，我也说不清楚，但是整个说来，都影响了我的神经。所以今天下午，我就要坐俱乐部的火车离开伦敦了。

文德美夫人　今天下午？但是我多么想见到你啊。

艾琳夫人　你太好了！不过我怕我还是非走不可。

文德美夫人　难道我就不能再见到你了，艾琳夫人？

艾 琳 夫 人　恐怕后会无期了。我们的生命相距遥远。不过，我有一个小小的要求向你提出。我想要一张你的照片，文德美夫人——你能给我一张吗？你想象不到我会是多么高兴的。

文德美夫人　啊，当然非常乐意。桌上就有一张，我可以立刻给你看。（向桌子走去。）

文德美爵士　（向艾琳夫人走来，低声说道。）你昨晚做的好事，居然还有脸到我家里来。

艾 琳 夫 人　（开心地微笑。）亲爱的文德美爵士，外表重于内心。

文德美夫人　（转身。）只怕照片胜过了本人——我看起来并没有这么漂亮。（给艾琳夫人看照片。）

艾 琳 夫 人　你比照片漂亮多了。你有没有和你孩子的合照，文德美夫人？

文德美夫人　有的，你是不是要一张？

艾 琳 夫 人　是的。

文德美夫人　那我去给你找一张来，不过，对不起，要请你等一下。照片在楼上。

艾 琳 夫 人　那就麻烦你了，文德美夫人。

文德美夫人　（走向门口。）这不费事，艾琳夫人。

（文德美夫人下。）

艾 琳 夫 人　今天早上，你脾气似乎不太好，文德美爵士。

那是为了什么？玛嘉莉和我在一起相处得很好呀。

文德美爵士　我不能看到你和她在一起。再说，你没有和我说实话，艾琳夫人。

艾琳夫人　你的意思是说，我没有告诉她真情实话。

文德美爵士　（站起来。）我有时希望你说实话，那就可以免得我这半年来的麻烦、着急和痛苦。但是与其让我妻子知道她母亲并不像传闻说的那样死了，而是活生生地换了一个名字——并且是个离了婚的女人，到处用化名活动，是一个苟且偷生的女人，这个她以为已经死了的母亲却还活着——不仅如此，我还为你付了多少账单。旧账加新账，既铺张又浪费，以免发生昨天的事情，让我第一次和妻子吵了一架。你不知道这对我意味着什么。你怎么会明白呢？而她甜蜜的嘴唇第一次吐出了难听的声音也是为了你。而我讨厌看到她和你坐在一起，你玷污了她的清白。——我过去以为你对错误是老实承认的，现在我才看出你不老实。

艾琳夫人　你为什么要说上这一大堆话？

文德美爵士　你要我为你弄到一张我妻子的请帖。

艾琳夫人　参加我女儿的舞会吗？——那是当然的事。

文德美爵士　你来了，但离开我家还不到一个小时，你却躲进了一个男人的卧房——你在大家面前丢尽了脸皮。(走到舞台中央。)

艾琳夫人　不错。

文德美爵士　(转过身来对她。)因此，我总算看清楚了你的真面目——一个不要脸的坏女人。我有权对你说：以后不要再进我家的大门，不要再接近我的妻子。

艾琳夫人　(冷冷地)你是说我的女儿。

文德美爵士　你没有权利说她是你的女儿。她还是一个摇篮里的婴儿时，你就离开了她，抛弃了她，只是为了一个情人，但是情人却抛弃了你。

艾琳夫人　(站起。)你认为这是他的丰功伟绩，还是我的？

文德美爵士　当然是他的成绩，现在我了解你了。

艾琳夫人　要小心——说话要小心。

文德美爵士　我用不着含糊其词，我对你已经有了彻底的了解。

艾琳夫人　(瞪着眼睛瞧他。)我很怀疑。

文德美爵士　我非常了解你。二十年都没有和你的孩子生活在一起，甚至连想都没有想到过她。一天，你在报上看到她和一个有钱的人结了婚。你看到你讨厌的机会来了。你明白不能让她知道她的母亲是一个像你这样名声不好的女人，我什么都能够忍受，你就开始敲诈勒索了。

艾琳夫人　(耸耸肩。)不要说脏话，文德美爵士。不要太下流了。我在等待机会，不错，机会当然不能错过。

文德美爵士　对，你抓住了机会——不过，昨天夜里，你的把戏却弄巧成拙了。

艾琳夫人　（露出难以理解的笑容。）你说得对，我似乎是弄巧成拙了。

文德美爵士　至于你昨天错把我妻子的扇子从家里带到达灵顿爵士的卧室中去，这是不可原谅的。我甚至现在都忍不下这口气。我不愿意让我妻子再用这把扇子。对我而言，扇子已经肮脏不堪了。你应该留着不送回来。

艾琳夫人　我想我应该拿在手里。（走上前去。）这把扇子非常好看。（拿起扇子。）我要请玛嘉莉送给我。

文德美爵士　我希望我妻子会送给你。

艾琳夫人　哦，我敢肯定她不会反对的。

文德美爵士　我希望她同时还会给你看另外一张她每夜睡觉前做祷告时总要吻一遍的照片，那是一个满头秀发的清白少女的小照。

艾琳夫人　啊，对，我也记得。那似乎是多久以前的事了！（走到沙发前坐下。）那是我婚前的照片。满头黑发，表情纯洁，那是当时的风尚，文德美爵士。（两人无言。）

文德美爵士　你今天一早到这里来是什么意思？你有什么

意图？

艾琳夫人 （声音中流露出一点挖苦的口气。）当然是来和我的女儿说再见啰。

（文德美爵士生气地咬下嘴唇。艾琳夫人声音严肃，态度认真，语气中流露出深刻的悲剧味，显出她的本色。）

不要以为我会和她演出动情的一幕，搂住她的脖子，告诉她我是谁。我无意演出母女重逢的好戏。我一生只有一次感到母爱，那就是昨夜。真是可怕——还使我痛苦——太痛苦了。二十年来，像你说的，我过着没有子女的生活，还要这样过下去——我要过无子女的生活。（假笑压住感情。）再说，亲爱的文德美爵士，我怎能装出有个成年女儿的模样呢？玛嘉莉二十一岁，我从来没说过我超过了二十九或三十岁。二十九岁脸还绯红，三十就没了。你看我多难。不，就我来说，让你妻子记住那个无瑕死去的母亲吧。我为什么要使她的幻想消失？保持我的幻想很难。昨夜又失去了一个。我以为我没有心，昨夜发现还有，但是不适合我，文德美爵士。我的心不适宜穿现代装，一穿人就显老。（从桌上取手镜一照。）在紧急关头打断了你的前程。

文德美爵士　你使我害怕——绝对害怕。

艾琳夫人　（站起。）我以为，文德美爵士，你希望我进修道院，或者做一个医院护士这一类的人，就像无聊的现代小说中说的那样。那你就太愚蠢了，亚瑟。在现实生活中我们不会干这种糊涂事——只要我们外表还好看，就绝对不会。不会——今天能给人安慰的，不是忏悔，而是乐趣。忏悔已经过时了。再说，如果一个女人真正忏悔了，她会去找一个蹩脚的化妆师，或者找一个对她还有信心的人。但是世界上没有什么会引诱我去干忏悔这种傻事。没有，我要去过完全独立于你们生活之外的生活。我进入了你们的生活完全是一个错误——这是我昨夜的新发现。

文德美爵士　一个要命的错误。

艾琳夫人　（微笑。）几乎是致命的。

文德美爵士　对不起，我当时没有把事实真相完全告诉我妻子。

艾琳夫人　我后悔不该犯错误。你却后悔没有做好事。这就是我们之间的差别。

文德美爵士　我信不过你。我要告诉我妻子，要让她知道，而且应该是我让她知道。那会给她很大的痛苦，那会使她非常伤心，但是我不能不让她知道。

艾琳夫人　你要告诉她？

文德美爵士　我要告诉她。

艾琳夫人　（走到他面前。）如果你敢，我就要使我的臭名每时每刻都会损害她的生活，那就会毁了她，使她抬不起头。如果你敢告诉她，那我就敢跳下污泥浊水的深渊、鲜廉寡耻的泥坑。你不能告诉她。——我不答应你做这种事。

文德美爵士　为什么？

艾琳夫人　（沉默了一阵。）如果我说我关心她，甚至爱护她——那你会笑我吧，是不是？

文德美爵士　我会感到那不真实。母爱应该忠诚无私，自我牺牲，你知道吗？

艾琳夫人　你说对了。关于你提到的，我知道什么呢？我们不要再谈这个问题了。——至于告诉我女儿我是什么人，我不答应你随便说。这是我的秘密，不是你的秘密。如果我决心告诉她，我自己会说。我会在离开这个家之前告诉她的。——如果我不开口，我就永远不会告诉她了。

文德美爵士　（生气。）那么我请你立刻离开我们的家。我会对玛嘉莉说明情况的。

（文德美夫人上。她把手上的照片给艾琳夫人，文德美爵士走到沙发后面，着急地注视着艾琳夫人的一举一动。）

文德美夫人　对不起，艾琳夫人，让你久等了。我找不到那张照片。最后在我丈夫的更衣室内发现——原来他没有告诉我就把照片拿走了。

艾琳夫人　（从她手里接过照片，而且仔细地看。）这并没有使我觉得意外——令人爱不释手。（同文德美夫人走向沙发，并肩坐下，再看照片。）这就是你的小男孩吗？他叫什么名字？

文德美夫人　他叫杰拉德，就是我父亲的名字。

艾琳夫人　（放下照片。）那么巧？

文德美夫人　这不是巧。假如是女孩，我会用我母亲的名字。我母亲和我的名字一样，都叫玛嘉莉。

艾琳夫人　我也叫玛嘉莉。

文德美夫人　那么巧！

艾琳夫人　的确巧。（沉默片刻。）文德美夫人，你丈夫告诉我：你对你的母亲是念念不忘的。

文德美夫人　我们一生中都会有难忘的人物。至少应该有一个。而我心目中的人物就是我的母亲。

艾琳夫人　理想是危险的，现实要好得多。现实也会伤人，但是不如理想伤人重。

文德美夫人　（摇头。）如果我没有理想，那就什么也没有了。

艾琳夫人　什么也没有？

文德美夫人　是的。（沉默片刻。）

艾琳夫人　你的父亲常和你谈到你的母亲吗？

文德美夫人　不，谈起来他太痛苦了。他只告诉我母亲生我几个月后就去世了。他一边说，一边流眼泪。于是他就要我以后不再提母亲的名字，甚至听到名字都会使他痛苦。我的父亲——我的父亲的确是心碎而死的。他这一生，就我所知，是最不幸的一生。

艾琳夫人　（站起。）恐怕现在我得走了，文德美夫人。

文德美夫人　（站起。）啊，不要走，不要走。

艾琳夫人　我看还是得走。我的马车这时应该已经回来。我要他送信给杰布格夫人去了。

文德美夫人　亚瑟，你去看看艾琳夫人的马车回来了没有？

艾琳夫人　不要麻烦你了，文德美爵士。

文德美夫人　去吧，亚瑟，请你去吧。

（文德美爵士犹豫了一下，瞧着艾琳夫人。艾琳夫人显得无动于衷。文德美爵士就离开了客厅。）

（对艾琳夫人）啊，我怎么对你说才好呢？你昨天晚上救了我了！（走向艾琳夫人。）

艾琳夫人　小声点——不要再提了。

文德美夫人　我怎能不提呢？我不能让你认为我接受了你昨晚为我做出的牺牲。不行。牺牲虽然不大，我可得把事情的原原本本都告诉我的丈夫。那是我的本分。

艾琳夫人　那不是你的本分。——至少，除了对你丈夫之外，你还得对别人负责呢。你不是说你欠我的情吗？

文德美夫人　我欠你的情太多了。

艾琳夫人　那你还人情债最好的办法就是不开口。不要破坏了我这一生中做过的唯一好事，那就不要对任何人再提这件事，让它成为你我之间永远的秘密吧。

你一定不要给你丈夫的生活带来痛苦。为什么要使他的爱情减色？你一定不要破坏他的爱情。爱情是很容易破坏的。啊，爱情多么容易破坏。我要你担保，文德美夫人，你永远不告诉他。这是我坚持的最重要的一点。

文德美夫人　（低下头来。）那是你要坚持，不是我要坚持的。

艾琳夫人　是，这是我要坚持的。永远不要忘记你的孩子，我喜欢想到你，就像一个母亲想到她的孩子一样。我希望你也能为母亲着想，把自己当作一个母亲。

文德美夫人　（抬头向上看。）我现在会为母亲着想了。我这一生中只有一次忘记了我自己的母亲——那就是昨天夜晚。啊，如果那时我想到了母亲，我就不会那么愚蠢，那么有坏心眼了。

艾琳夫人　（微微耸了耸肩。）不要说了。昨夜已成过去。

（文德美爵士上。）

文德美爵士　你的马车还没回来，艾琳夫人。

艾琳夫人　那没关系。我可以要一部马车来，苏博丽车也好，泰波车也好，都是在世界上拿得出去的名牌马车。现在，亲爱的文德美夫人，我怕的确要说再见了。（走向舞台中央。）啊，我想起来了，你会觉得我太荒谬。不过你知道吗？我的确非常喜欢你那把扇子，就是昨天夜里我糊糊涂涂从你家的舞会上偷走的那一把。现在，我想知道你能不能把扇子送给我？文德美爵士说过是可以的。我知道这是他送给你的礼物。

文德美夫人　啊，当然可以，只要它能给你带去一点乐趣就行了。不过扇子上还有我的名字“玛嘉莉”呢。

艾琳夫人　那不要紧，我们的教名不是一样的吗？

文德美夫人　啊，我倒忘了。当然，那你就留着吧。这多巧啊，我们的名字居然是一样的。

艾琳夫人　真巧极了。谢谢——扇子会使我永远想起你来。（握手道别。）

（派克上。）

派克　奥古斯都·诺顿勋爵到。艾琳夫人的马车到。

（奥古斯都勋爵上。）

奥古斯都勋爵　早上好，我的好兄弟。早上好，文德美夫人。（看见艾琳夫人。）艾琳夫人也在这里！

艾琳夫人　你好，奥古斯都勋爵？今天早上过得好吗？

奥古斯都勋爵　（冷冷地）很好，谢谢，艾琳夫人。

艾琳夫人　你看起来不太舒服，奥古斯都勋爵。你睡得太晚了。这不是你的好习惯。你的确应该照顾好自己。再见了，文德美爵士。（走到门口向奥古斯都勋爵鞠躬。忽然转身对他微笑。）奥古斯都勋爵，你送我上马车好吗？你可以替我拿扇子。

文德美爵士　要我送吗？

艾琳夫人　不，我要奥古斯都勋爵。我有一个特别的消息要告诉亲爱的公爵夫人。你能给我拿扇子吗，奥古斯都勋爵？

奥古斯都勋爵　如果你真要我拿，艾琳夫人。

艾琳夫人　（笑。）当然真要。你拿扇子的姿态优雅。那你拿什么东西的姿态都会优雅的，亲爱的奥古斯都勋爵。

（到门口时，她回头看文德美夫人，她们心领神会。于是她转身出门，奥古斯都勋爵随后下。）

文德美夫人　你不会再说对艾琳夫人不好的话吧，亚瑟，是不是？

文德美爵士　（认真地）她比人们的评价更好。

文德美夫人　她比我更好。

文德美爵士　（微笑地抚摸她的头发。）亲爱的，你和她是两个世界的人。罪恶永远不会进入你的世界。

文德美夫人　不要这样说，亚瑟。我们大家的世界都是一样的。我们都做好事，也做错事，好坏对错都是手牵着手同来的。如果闭着眼睛只看生活的好的方面而看不到坏的方面，那就好比瞎子在坑坑洼洼、高低不平的小路上行走，怎么能安全呢？

文德美爵士　（同夫人走向台前。）亲爱的，你怎么这样说？

文德美夫人　（坐沙发上。）因为我对生活盲目，视而不见，已经走到边缘，而一个曾经把我们分开的人——

文德美爵士　我们从来没有分开过呀。

文德美夫人　我们一定不能再分开了。啊，亚瑟，只要爱情不减，信任就会增加。我会完全信你。我们到瑟白去吧。瑟白花园里的玫瑰也有红有白呢。

（奥古斯都勋爵上。）

奥古斯都勋爵　亚瑟，她什么都说清楚了。

（文德美夫人非常惊慌。文德美爵士吓了一跳。奥古斯都勋爵把他扶到前台。他低声说得很快。文德美夫人惊慌地注视着。）

我亲爱的伙伴，她把该死的事情都讲清楚了。我们大大地误解了她。她到达灵顿爵士卧室去等我。先去俱乐部——事实是免得我着急——知道我来了——当然就跟着来——听到我们这么多人来自然吃惊——就躲到另外一间房里去——我保证，很感激，一切都是为了我。我们对她太粗暴了。她不过是个等我的女人而已。床上床下都很合适。她提出的条件就是我们要去国外生活。这太好了。该死的俱乐部，该死的天气，该死的厨子，一切都该死，恶心死了！

文德美夫人　（吓坏了。）艾琳夫人没有——？

奥古斯都勋爵　（向她走来低声说。）是的，文德美夫人，艾琳夫人接受了我的求婚。

文德美爵士　那好，你肯定找到了一个最聪明的新娘！

文德美夫人　（拉住丈夫的手。）啊，你找到了一个最好的新娘！

（闭幕）

汉译文学名著

第二辑书目（30 种）

枕草子	〔日〕清少纳言著　周作人译
尼伯龙人之歌	佚名著　安书祉译
萨迦选集	石琴娥等译
亚瑟王之死	〔英〕托马斯·马洛礼著　黄素封译
呆厮国志	〔英〕亚历山大·蒲柏著　李家真译注
波斯人信札	〔法〕孟德斯鸠著　梁守锵译
东方来信——蒙太古夫人书信集	〔英〕蒙太古夫人著　冯环译
忏悔录	〔法〕卢梭著　李平沤译
阴谋与爱情	〔德〕席勒著　杨武能译
雪莱抒情诗选	〔英〕雪莱著　杨熙龄译
幻灭	〔法〕巴尔扎克著　傅雷译
雨果诗选	〔法〕雨果著　程曾厚译
爱伦·坡短篇小说全集	〔美〕爱伦·坡著　曹明伦译
名利场	〔英〕萨克雷著　杨必译
游美札记	〔英〕查尔斯·狄更斯著　张谷若译
巴黎的忧郁	〔法〕夏尔·波德莱尔著　郭宏安译
卡拉马佐夫兄弟	〔俄〕陀思妥耶夫斯基著　徐振亚、冯增义译
安娜·卡列尼娜	〔俄〕列夫·托尔斯泰著　力冈译
还乡	〔英〕托马斯·哈代著　张谷若译
无名的裘德	〔英〕托马斯·哈代著　张谷若译
快乐王子——王尔德童话全集	〔英〕奥斯卡·王尔德著　李家真译
理想丈夫	〔英〕奥斯卡·王尔德著　许渊冲译
莎乐美 文德美夫人的扇子	〔英〕奥斯卡·王尔德著　许渊冲译
原来如此的故事	〔英〕吉卜林著　曹明伦译
缎子鞋	〔法〕保尔·克洛岱尔著　余中先译
昨日世界：一个欧洲人的回忆	〔奥〕斯蒂芬·茨威格著　史行果译
先知 沙与沫	〔黎巴嫩〕纪伯伦著　李唯中译
诉讼	〔奥〕弗兰茨·卡夫卡著　章国锋译
老人与海	〔美〕欧内斯特·海明威著　吴钧燮译
烦恼的冬天	〔美〕约翰·斯坦贝克著　吴钧燮译

图书在版编目（CIP）数据

莎乐美；文德美夫人的扇子 /（英）奥斯卡・王尔德著；许渊冲译 .—北京：商务印书馆，2022
（汉译世界文学名著丛书）
ISBN 978-7-100-20600-6

Ⅰ.①莎… Ⅱ.①奥… ②许… Ⅲ.①悲剧—剧本—英国—近代②喜剧—剧本—英国—近代 Ⅳ.① I561.34

中国版本图书馆 CIP 数据核字（2022）第 014338 号

汉译世界文学名著丛书
莎乐美　文德美夫人的扇子
〔英〕奥斯卡・王尔德　著
许渊冲　译

商　务　印　书　馆　出　版
（北京王府井大街 36 号　邮政编码 100710）
商　务　印　书　馆　发　行
北京市十月印刷有限公司印刷
ISBN 978 - 7 - 100 - 20600 - 6

2022 年 3 月第 1 版　　开本 850 × 1168　1/32
2022 年 3 月北京第 1 次印刷　　印张 $4^3/4$
定价：25.00 元